『文学史を読みかえる・論集』1号

『文学史を読みかえる・論集』発刊の辞

「文学史を読みかえる」研究会のささやかな仕事を、『文学史を読みかえる・論集』として刊行することになりました。

「文学史を読みかえる」研究会は、一九九五年四月の発足からこのかた、近現代の日本における文学表現の歴史を新しい視点で読みかえ再構築することをテーマとして、会員の自由な研究報告と、それを基礎にした共同作業とを積み重ねています。研究会の最初の成果は、一九九七年三月から逐次刊行された『文学史を読みかえる』シリーズでした。一九二〇年代初頭から二一世紀の幕開けに至るまでの時代の文学をいくつかのエポックメーキングな主題に即して究明するこのシリーズは、とりわけ若い世代の文学研究者や、既成のいわゆる「学会」的な営為に飽き足らぬ人びとの関心と共感を得ながら、二〇〇七年一月に全八巻が完結しました。これを機に、研究会は第二期として再出発し、歴史のなかに埋もれあるいは不当に忘却された文学作品の発掘と読みかえの作業をつづけてきました。この結果は、近く全一〇巻の作品集、『アンソロジー・文学史を読みかえる』として刊行される予定です。

「文学史を読みかえる」研究会は、発足以来、関東と関西でそれぞれほぼ二か月に一回（東西あわせればほぼ月に一回）定例研究会を行なっています。上記のような刊行物も研究会活動を基盤にして生まれたものです。それらの研究会では、毎回、きわめて刺激的かつ問題提起的な個別の研究発表がつづけられています。また、会員の著作や編著も次つぎと上梓され、これらは率直かつ厳しい批評を待っています。

これらの仕事を研究会の枠内にとどめるのではなく、文学表現と社会の歴史的現実とに深い関心と危機意識をいだく人びとの批判と叱正を仰ぎたい――という希いから、研究会での発表に基づく論考と書評その他の論評とを中心とした成果を一冊に編んで上梓するのが、この『文学史を読みかえる・論集』です。刊行はほぼ年に一回を予定しています。関心をお持ちいただければ、どうか手に取って一読のうえ、忌憚のないご感想・ご意見をお寄せください。

二〇一二年八月

「文学史を読みかえる」研究会　会員一同

保田與重郎の「日本浪曼派」

――「日本の橋」を中心に

岩本真一

転向のふたつの現はれだつたとも今は考へられる。一本の木から出た二つの枝とせねばならぬのではないかと私は思ふ。(1)

『人民文庫』とは、ファシズム的文化統制に抵抗すべく、一九三六年三月に武田麟太郎を中心として作られた雑誌であるが、自身もここに参加していた高見が述べているのは、ファシズム的と目された『日本浪曼派』と反ファシズムを標榜していた『人民文庫』とが、表面的には正反対にみえながらも、その根を同じくしているという認識である。つまり両者は、一九三四年の日本プロレタリア作家同盟（略称ナルプ。以下、作家同盟と略記）解散を最終的契機とするプロレタリア文学運動解体後における、ふたつのきわめて極端な現象に過ぎないということである。

一　問題の所在

「日本浪曼派」とは何か。「日本浪曼派」をどのように捉えればいいのか。これまで何度も繰り返されてきた問いである。だが、現在に至るまで、その明確な答えは示されていないように思われる。本稿の目的は、この古くまた新しい問いに、ひとつの仮説を提出することにある。

敗戦後、この「日本浪曼派」とは何かという問いにいち早く答えたのは高見順である。高見は自らの経験を振り返って、次のように述べた。

『日本浪曼派』を私たちは反動と糾弾し、自分たちを反動でないとした。しかし、『日本浪曼派』と『人民文庫』とは、この高見の見解に反論したのは橋川文三である。橋川は次のように述べる。

〔前略〕ここに奇妙な事情があると思われる。「日本浪曼派」が「人民文庫」などと同じく、「ナルプ解体後」の焦燥・絶望を基盤とする「異母兄弟」であり、「左翼くずれ」の一変種であるということは、実は事実認定の問題としてたんに明白であることがらにすぎないのに、なにかそれが問題の終局点であるかのように見られていることである。〔中略〕なぜ、それほど、日本ロマン派を「ナルプ解体」の論理に符合せしめねばならないのか？(2)

橋川は高見の説を誤謬として退けているわけではない。高見の見方は出発点に過ぎず、その先をみなければ「日本浪曼派とは何か」という問いに答えることにはならない、と述べているのである。同時代を生きていた橋川にとって、「日本浪曼派」とは保田與重郎そのものだった。それゆえ、「保田は別個のユニークな批判的体系として私たちに印象されていた(3)」と述べ、「私たちにとって、日本ロマン派とは保田与《ママ》重郎以外のものではなかった(4)」、「保田はいわば完全に「浪曼派」とは無関係に私たちに読まれた(5)」と述べなければならなかったのである。最後に橋川は次のように言う。「日本ロマン派を主として転向の論理から見る方式は、何ごとも語らないにちがい(6)」。

橋川は「日本浪曼派」の出発点を、一九三三年の大量転向から一九三四年の作家同盟解体の時期より前に設定する。「私は、日本ロマン派の起源は、精神史上の事件としての満州《ママ》事変にさかのぼると思う(7)」と橋川は述べ、「日本ロマン派の成立は「ナルプ解体」を直接動機とするよりも、むしろ大正・昭和初年にかけての時代的状況に基盤を有するものである(8)」と断定するのである。

だが、本当にそうなのだろうか。確かに、「大正・昭和初年」は日本「近代」が一つの曲がり角を迎えた時期であった。一九二三年の関東大震災が、文学に限らず、政治的・経済的・文化的転換を促したことは、現在もはや定説ですらある。しかし「日本浪曼派」の起源を問うと言うとき、さらに遡って考えるべき必要はないだろうか。言い換えるならば、保田與重郎がみていた問題の起点は、それよりもさらに前に存在するのではないだろうか。以下、この問題意識にしたがって論じていきたい。

二　「日本浪曼派」論争とその背景

雑誌『日本浪曼派』が創刊されたのは、一九三五年三月のことである。だが、「日本浪曼派」をめぐっては、それより数カ月前から議論が始まっていた。一九三四年十一月に刊行された『コギト』第三十号に、「「日本浪曼派」廣告」が掲載されたことがきっかけである。これは保田與重郎が執筆し、神保光太郎・亀井勝一郎・中島榮次郎・緒方隆士・中谷孝雄との連名で発表されたものだが[9]、「かういふ宣言としては、文章が稚拙で、読者に迫るところのない[10]」との苦言を含め、広範な反響を呼び起こした。最も早く反応したのは三木清[11]だが、一九三四年内だけでも高見順[12]や森山啓[13]らが次々と発言している。この傾向は年が明けて一九三五年になっても続き、対する『日本浪曼派』同人である保田[14]や亀井[15]、中島[16]らが応戦することにより、数年に亘って、「日本浪曼派」論争とでも言うべき言論の応酬が繰り広げられることになる。

この論争の特異さは、まだ雑誌そのものが刊行されていない、「廣告」が発表されただけの時期から始まったところにある。「廣告」は『コギト』誌上に一九三四年十一月から翌年二月にかけ四カ月に亘って掲載されたが、この間に多くの論戦が行なわれたのである。なぜいまだ刊行すらされていない雑誌をめぐってこれだけの論争が行なわれたのか。その背景には、この時期、文学が置かれた状況と、その後の方向性に関する認識の違いがあった。

この時期、自然主義リアリズム文学およびその延長線上にあると考えられた私小説を批判する形で登場したプロレタリア文学は、あまりの政治性優位により停滞に陥っていた。それを打破すべく社会主義リアリズム論などを導入したものの、権力側の弾圧もあって、徐々に退潮することとなる。その最大の契機は、一九三三年二月の小林多喜二虐殺と、同年六月のいわゆる大量転向である。翌一九三四年三月の作家同盟解体は、その最終的な刻印に過ぎなかった。一方でこの間、「文芸復興」の名のもとに、いわゆる「芸術派」が復活し始める。一九三三年十月の『文學界』創刊は、その象徴と言えるだろう。だが、プロレタリア文学の周辺にいた人びとにとって、いわゆる「芸術派」は一種の退行にみえた。プロレタリア文学がもっていた社会性・思想性を捨象したものと映ったからである。これらの人びとが唱え始めたのが、「行動主義」「能動精神」という言葉であった。党派的政治性とは一線を画しながら、思想性を文学に盛り込むことによって、主体的に社会と関わろうとしたのである。前出の森山啓や、春山行夫・板垣直子らがここに位置する。この時期、「日本浪曼派」を最も強く批判したのは、この森山や春山、板垣らである。[17]かれらは、作家同盟の解体後という時代状況のなか、何としてでも再び思想性を獲得しなければならないと考えていたため、「日本浪曼派」の方向性はあまりに逃避的であると映ったのである。

この時期の「日本浪曼派」批判は、その多くが亀井勝一郎およびその同調者とみなされていた林房雄に向けられていた〔ただし林はこの時期、獄中にいた〕。かつて作家同盟に所属していた亀井は、一九三四年に『現實』の創刊に関わった経験があり、その誌名から想像されるとおり、「行動主義」「能動精神」の方向性に近いと認識されていたからである。したがって、ある意味でこれは近親憎悪に近いものであった。一方、作家同盟には所属していなかった保田與重郎も、同じ『現實』に参加した過去があり、同年八月に内部分裂で同誌が終刊した後は、私小説とプロレタリア文学を止揚する文学を作る場として、『日本浪曼派』を創刊しようとしていた。[18]その意味では、亀井同様、方向性が近いとみなされていたはずである。だが、おそらく保田には、「行動主義」「能動精神」を掲げた文学はプロレタリア文学の亜流にみえていたと思われる。保田はこの論争において亀井よりも積極的に応戦したが、そのことごとくがすれ違いに終わっており、私小説とプロレタリア文学の止揚という方向性は一致していたとしても、その内容は大きく異なっていた。保田が「日本浪曼派」として目指していた文学は、思想性を獲得し主体的に社会と関わるというものではなかったのである。では、保田が考えていた次なる文学とは如何なるものだったのだろうか。

三　「橋」の来歴

保田與重郎が考えていた新しい文学を考察するうえで恰好の題材となるのは、やはり「日本の橋」である。それは、単にこの作品が保田の出世作だからではなく、「日本の橋」の執筆過程にこそ、保田の意図が如実にうかがわれるからである。

実は、「日本の橋」の主題に関わる論文は以下の五本ある。

①「裁断橋擬宝珠銘のこと」〔『炫火』第三号、大高短歌会、一九三〇年四月〕

②「橋」〔『四季』第十三号、四季社、一九三五年十二月〕

③「日本の橋」〔『文學界』第三巻第十号、文圃堂、一九三六年十月。以下、初出と略記[19]〕

④「日本の橋」〔保田、『日本の橋』、芝書房、一九三六年十一月刊、所収。以下、初版と略記〕

⑤「日本の橋」〔保田、『改版 日本の橋』、東京堂、一九三九

年九月刊、所収。以下、改版と略記〕

これらが同一の主題に関わると言い得る所以は、大阪高校在学中に書いた「裁断橋擬宝珠銘のこと」で引用されている裁断橋の擬宝珠銘文が、約十年間に亘り五本の論文すべての主題として一貫して取り上げられているからである。重要なのは、この十年の間に、一九三一年の満洲事変、一九三二年の『コギト』[20]創刊、一九三四年の『現實』への参加とその終刊、一九三五年の『日本浪曼派』創刊と一九三八年の終刊、一九三六年の二・二六事件、一九三七年の日中戦争勃発という、公私に亘る大きな出来事が含まれていることである。それは、保田がこの主題を書き続けることで、常に自らの立ち位置を確認していたことを意味する。

当然のことながら、この加筆・改稿の過程は、これまでも考察の対象として取り上げられている。簡単に整理しておこう。

まず白石喜彦は「「日本の橋」ノート」において、次のように述べている。

〔前略〕両者〔「橋」と初出〕の決定的な相違は、「橋」には西欧の橋がとりあげられていないことである。つまり「橋」には西欧対日本の構想はなく、したがって日本の橋の特質も語られていないのである。[21]

白石は時代背景について何も言及していないが、「橋」と初稿との間に二・二六事件が起こっていることを考えると、これは保田の「日本回帰」を示す指摘とみなすこともできる。

一方、水上勲は「保田与《ママ》重郎「日本の橋」校異と私註（一）」において、次のように述べている。

〔前略〕改版によって大量の加筆が行われた結果は如何であったろうか。私の印象を一言で言えば改悪であったというしかない。確かに〔中略〕日本古典などにみえる様々な橋の引例を数多く増やし、より内容を抱負にさせようとする意図がうかがわれる反面、材料の整理、校正がバランスを欠き、かえって甚だしく冗漫な印象を与えもする。さらに問題なのは、加筆されたことによって、そうでなくても直感的独断的な論旨が一層難解となり、初出・初版よりもさらに理解しがたくなっている場合が生じたことである。[22]

この水上の論文は、初版と改版の異同を丁寧に整理しており参考になるのだが、その異同の意味が考察されていない点に不満が残る。

これに対し、改稿の意味を考察したのが渡辺和靖の『保田與重郎研究』である。渡辺は以下のように述べる。

> 〔前略〕単行本収録にあたってこの〔初出の〕「前書き」を削除していることに象徴されるように「日本の橋」において保田は、習作〔「裁断橋擬宝珠銘のこと」〕からのモチーフの連続性をむしろ隠そうとしているように見える。(23)

確かに『日本の橋』収録に際して「前書き」は削除されているのだが、そのことがモチーフの連続性を隠そうとしているという指摘は疑問なしとしない。

一方、削除の意味を考察しようとした渡辺に対し、加筆の意味を考えようとしたのが河田和子である。河田は次のように述べている。

> 〔前略〕保田の問題意識は、寧ろ、改版「日本の橋」の方により明確に現れていたのではないだろうか。〔中略〕特に、改版の加筆で着目したいのは、「哲学」の語が二箇所にわたり加筆された点である。〔中略〕「哲学」ということを提示した背景には、〔中略〕京都学派の哲学者との相関関係もあると考えられる。(24)

河田のこの指摘は、その背景としてフッサール現象学の影響をみており、その限りにおいては興味深いのだが、高校時代の作との連続性に触れられていないという憾みがある。

これら先行研究の問題点は、基本的にそのすべてが、渡辺の言う「増殖過程」(25)のみを追ってきたことにある。もちろん、時代状況を受けて何を削り何を加筆したかをみることに意味はある。だが、保田の思想性をみようとするとき、着目すべきはむしろ一貫して変わらなかった点ではないだろうか。

では、この一貫して変わらなかった点とは何だろうか。それこそが、裁断橋の擬宝珠銘に関する言及に他ならない。先にみたように、この主題は五本すべてに亘って書き続けられているのだが、そのたびに該当箇所の記述は増えている。論文全体を通しても大幅に加筆されてはいるのだが、この部分をひたすら加筆・修正する姿勢には、保田の執念をすら感じさせる。全体の加筆も、この主題を際立たせようとするためのものに他ならない。単行本収録の際に削除されたものではあるが、初出の冒頭に、保田は次のような「前書き」を載せている。

> この文章は、文学の歴史に於ては勿論のこと、その名を知る人も寡い桃山時代の一女性の描いた、僅か五十五《ママ》文字からなる短い文章の、美しい意味と深い象徴を評註

する意企のものである。そのために僕の費した文字は字数にして一万八千字に垂んとすと思はれる。文章中の各部叙述に従つてすべてこの短文の評註といふことに有機的関係をもたしめる試みであつた。読みすて丶まどろかしいところは、読者自ら進んで君の橋を架すべし、といふ。当今の随筆の驥尾につくものに非ず、文芸の評論也。(26)〔傍点は引用者。以下同じ〕

一見して明らかなように、保田は裁断橋の擬宝珠銘をこそ書きたかったのである。これを際立たせるために、他の部分を加筆したのである。これだけでも主題がここにあることは明らかだが、それ以上に重要なのは、最後に述べている「文芸の評論也」という言葉である。保田は単に銘文を紹介したかっただけではない。この銘文こそが文学であると言いたかったのである。つまり、保田が繰り返しこの銘文に言及するのは、ここに文学の原点があると彼が認識しているからである。だからこそ、内外の危機に直面するたびに、保田はこの原点に回帰し、自らの出発点を確認しようとするのである。ではなぜこの銘文が文学の原点となるのか。次章でその意味を考えていきたい。

四　日本「近代」批判としての「日本浪曼派」

保田與重郎が改版「日本の橋」に至るすべての論文で引用している裁断橋の擬宝珠銘は、保田自身が明確に述べているように、濱田青陵の『橋と塔』で初めて知ったものである。有名な文章であるが、いま一度、確認しておきたい。

てんしやう十八ねん二月十八日に、をたはらへの御ぢんほりをきん助と申、十八になりたる子をたゝせてより、ふためとも見ざるかなしさのあまりに、いまこのはしをかける成、はゝの身にはらくるいともなり、そくしんじやうぶつし給へ、いつかんせいしゆんと、後のよの又のちまで、此のかきつけを見る人は、念仏申給へや、卅三年のくやう也(27)

保田の解説をそのまま引くならば、「天正十八年秀吉の小田原陣に陣没した堀尾金助という若侍のために母が三十三年の供養に作つた橋の銘文(28)」である。この「裁断橋擬宝珠銘のこと」は、引用された銘文以外にも、濱田の影響をかなり強くうかがうことができる。だが、若き保田独自の視点もみえる。そしてこの点こそが、この「裁断橋擬宝珠銘のこと」の最大の眼目である。(29) 例えば、銘文を引用した後、保田は次のように述べている。

こゝに現れた母者の感情の如きは一つの妥当感情と云へぬであらうか。〔中略〕茲に私らは母性の強さを見る。封建的桎梏に弱々しい母性により人間の純粋なる魂を通じて叫ばれた反抗を見る。封建といふ制度悪へ対する綿々たる呪がこのかそやかな一女性の魂の至高の形を通じて、生々たる匂と、けだかい真なる激牲で私の心をうつのである。権力に対する浪曼的反抗は、この直截純情の文に一層の美しさと繊さを加へるではなからうか。(30)

重要なのは、保田がこの銘文に「反抗」を見出していることである。しかも、それは弱者の立場からする「浪曼的反抗」に他ならない。保田が用いる「浪漫」という言葉には、高等学校三年生のときに書かれたこの最初の論文から、「反抗」という概念が付随しているのである。「いつか私はこの名文に深い洞察と、仔細な考証を試みたい」と述べ、この時はこれ以上、深く考察しなかったものの、保田の中心的な問題意識がどこにあったのかは明白であろう。

保田が述べた「いつか」は五年後にやってくる。「日本浪曼派」論争が盛り上がりをみせる一九三五年十二月、保田は「橋」を発表する。全体の分量は三倍近くになってはいるが、やはり主題は裁断橋の擬宝珠銘についてである。これまでにも指摘されているが、「むかし僕は浪曼的反抗といふことばを愛した」(31)と過去形で語られる文章が示すように、「裁断橋擬宝珠銘のこと」に比べて「浪曼的反抗」という視点は弱められている。だがこれは、過去の自分を否定したものではない。むしろ、新たな視点が加わった結果、「反抗」の重みが相対的に下がったと考えるべきであろう。では、新たに加わったものとは何なのだろうか。

保田は、一九三四年から翌年にかけて、つまり『日本浪曼派』を構想していたころ、「自然主義リアリズム＝私小説」と「社会主義リアリズム＝プロレタリア文学」の止揚を唱えていた。(32) 五年の歳月を経て加筆された「橋」に加えられたのは、その視点である。例えば「橋」には、「至情をそのままに表情した人間の美しさ」(33)という文章や、「一婦人の、いささかも巧まなかつた叡智の発生」(34)という言葉がみえる。また、この約一年後にさらに加筆して発表された初出「日本の橋」でも、「まことに心情の呼び名に価ひするもの、表情と声」(35)を評価し、「至醇を直截にあふれた文章は、近頃詩文の企て得ぬ本有のものにのみみちてゐる」(36)とまで述べる。保田は、知識や理念から導き出されたものではない、個人の存在そのものから発した「心情」を描くことこそ、「本有のもの」つまり新しい文学の使命だと考えていたのである。したがって、「裁断橋擬宝珠銘のこと」から「橋」、初出「日本の橋」への加筆・改稿は、単に「浪曼的反抗」を「隠蔽」するためのものではない。むしろ、人間存在の根本にある「心情」のひとつの現われとして「反抗」の精神をも位置づけ、そこにこそ文学の本来的な意味を付与しようとしたのである。それは、「この銘文はその象徴的な意味に於ても深く架橋者の美しい心情とその本質としてもつ悲しい精神を陰影し表情してゐるのである」[37]と述べている部分に明らかである。つまり保田は、私小説とプロレタリア文学を止揚する新しい文学として「心情」を直截に唱う文学をこそ求めたのであり、それこそが保田にとっての「日本浪曼派」の試みだったのである。

　だが、さらにここで重要なのは、保田がこの新しい文学の立場を、「一婦人」の言葉から打ち立てたことである。このことは、保田の「日本の橋」を批判した、次の澁川驍の言葉をみると逆に明らかになる。

〔前略〕保田氏等の感嘆するものはすべて理性の働きの稀薄なもの、子供とかあまり智識的素養を持たない女性の上にそそがれる。氏がスケートの選手稲田悦子に無上の讃辞を呈し、天才少女の山川彌千枝に感嘆し（「童女征欧の賦」）、堀屋《ママ》金助の母に感動する（「日本の橋」）所以のものは、ただここに感情の凝集を見るからである。これらの感傷主義的文学論は理性的なもの、道徳的なものを軽蔑し、ヒユーマニズムに反対する故に必然的にデカダン的方向を取る。何等の信念なく、動物的な欲念のおもむくままに、その日の風のふきまわし通りに何等の方向もなく、ただ感情の激動のみに動く文学を生産することになる。かくて保田氏の好んで使ふ「丈夫ぶり」の主張は、結局は「たをやめぶり」への転落を当然持ち来す矛盾をあへてするばかりではないか。[38]

保田が批判しようとしたのは、まさにここで澁川が依っている立場であった。保田はあえて「理性の働きの稀薄なもの」「子供」「智識的素養を持たない女性」の立場に立つことによって、「理性的」「道徳的」とされるものを批判しようとしたのである。それは、いわゆる「日本浪曼派」論争なかで、「浪曼派の立場」を説明しようとして保田が述べた次の言葉に象徴的に表われている。

　僕ら今日の青年は、その年少多感の日、身を以て最複雑の歴史的時期を経過してきた。その結果に得たものはいつも極微のものにこだはるといふ一事柄である。明白の合理主義にあき、軽薄の安心に憩へない。絶間なく美しい芝居の汚ならしさを見せられてきた。この芝居は人類と歴史をテーマに演じた。汚ならしさを知つてなほ、つねにその美しき可能を信じる心去らない。この夢を失はぬもの、なほも現実を耕し、実在の底に流れる豊かな世界を想ひ、芸術に広さと裕かさを再び顕彰せんとするもの、こゝに職業文学者ならざる今日の浪曼派がある。同時にその青年たちは近代精神の純粋の売淫を知り、恋愛さへもその一趣味だと嘆じた過去の心情を切実にしたのである。(39)

同趣旨の言葉は、同じ時期に書かれた別の論文もうかがうことができる。保田は次のように述べる。

芸術にかつて存在しなかつた偉大な色彩を創り、今日の文学を実録実話の中から広き現実の中に拡大する。僕ら少年の日に於て、まづ小なるものにこだはることを知つた。一番身辺微細なものゝもつ大なる意義を顕らはにし、卑近のものゝ美を拡大する。現実のくまぐまにゆきわたり、末端に於て殊に光はなつものを。〔中略〕僕らはことさら合理的な権威の援助を仕組むことによつて、論理の罠に陥つた近頃の常識を知つてゐる。(40)

ここで保田が「浪曼派の立場」として述べているのは、「女性」や「子供」という「極微」で「小なるもの」の立場から、「理性的」「道徳的」「合理的」「論理」的という衣を纏った、英雄主義的・男性主義的・合理主義的な権力そのものに対する根本的な批判なのである。保田が、多くは家父長的な視点から描かれた私小説や、英雄主義的で唯我独尊的なプロレタリア文学に否定的だったのはそのためである。おそらく、ある種の共感を抱きながら作家同盟に加入しなかったのも、またその解体後の転向小説をこそ評価したのも同じ立場から出たものであろう。そして保田のこの視点は、理性的・男性主義的・合理的な権力によって担保された日本「近代」そのものへの批判へと繋がっていく。この延長線上にこそ、「日本「近代」＝文明開化の論理」に対する根底的な批判が存立するのである。

以上みてきたように、高校時代に書いた「裁断橋擬宝珠銘のこと」から五年後の「橋」への加筆、そしてその一年後の初出「日本の橋」へのさらなる加筆の過程こそが、保田の文学的深化の軌跡であった。「浪曼的反抗」という視点からのみ書かれた「裁断橋擬宝珠銘のこと」が文学的に深まるためには、一九三三年から三五年にかけての時代的危機意識が必要だったのである。したがって、高校時代の「裁断橋擬宝珠銘のこと」が保田のすべてである、という言い方は不正確である。時代的・個人的危機感がなければ、私小説とプロレタリア文学の止揚を目指すことはなかったであろうし、新しい文学への必死の渇望は生まれなかったはずだからである。だからこそ保田は、初出「日本の橋」の前書きで、「当今の随筆の驥尾につくものにはあらず、文芸の評論也」と述べなければならなかった。つまり、私小説とプロレタリア文学の止揚の試みが行き着いた先が、新しい「文芸の評論」としての初出「日本の橋」だったのであり、その意味で保田にとっては初出「日本の橋」こそが、思想としての「日本浪曼派」の出発点だったのである。保田が大文字の保田與重郎になったのは、この瞬間に他ならなかった。

　ではなぜ、保田はこれほど重要視していた主題を『日本浪曼派』に掲載しなかったのであろうか。先にみたように、「橋」は『四季』の一九三五年十二月号に、初出「日本の橋」は『文學界』の一九三六年十月号に掲載されている。一九三五年三月に創刊された『日本浪曼派』は三八年八月まで続くので、この二本の論文が掲載された時期には、まだ『日本浪曼派』も刊行中であった。ただ、確かに保田は「「日本浪曼派」廣告」も「創刊之辞」も自らの手で執筆してはいるものの、正式に創刊されて以後は、それほど『日本浪曼派』の運営に携わっているようにはみえない。創刊号こそ亀井と並んで「編輯後記」を書いているが、以後は一九三六年九月の第十六号に一度、書いただけである。しかも、「今月は私が編輯しましたが、編輯後に誌すことはありません」[41]と二行に亘って認《したた》めただけである。前半こそ、ほぼ毎号に亘り論文や文芸時評を寄せているが、後半は何も書かない号も目立つ。おそらくこれは、『日本浪曼派』が、作家同盟解体後という枠組から抜け出ることができなかったためであろうと考えられる。それは、同人の意識としても外部からの視点としても言えることだったのではないだろうか。また、おそらく同じことの裏面ではあるが、『現實』からの連続として共に歩んできた亀井との不和もその原因であろう。政治に傷つき極度に精神主義的になっていく亀井との意識の差を感じたのかもしれない。現実の雑誌『日本浪曼派』は、すでに保田が構想した思想としての「日本浪曼派」から遠く離れてしまっていたのである。

　ともあれ、保田は自ら「日本浪曼派」という思想を掲げながらも、現実の雑誌『日本浪曼派』に関わることは少なかった。一九三六年十一月に刊行した初版『日本の橋』で一躍、文壇に名を知られることになった保田は[42]、その後ほぼひとりで「日本浪曼派」を体現していくことになる。その完成形態として、雑誌『日本浪曼派』終刊の翌年に『改版 日本の橋』を刊行し、最終加筆を施した改版「日本の橋」を収録することになるのである。棟方志功の装幀によって作られたこの本は、さながら思想としての「日本浪曼派」の真髄を誇るかのようであった。

五　小括

本稿の出発点は、「日本浪曼派」とは何か、というものであった。最後に、この問いに関して明らかになったことをまとめておこう。

まず最初に、雑誌『日本浪曼派』と思想としての「日本浪曼派」は分けて考えるべきだ、ということである。これまでは、この点を曖昧にしたまま研究されてきた。その結果、「日本浪曼派」と保田與重郎の関係も不明確なまま残されてしまったのである。雑誌『日本浪曼派』と思想としての「日本浪曼派」を分けて考えるならば、冒頭で引用した高見順の説、つまり『『日本浪曼派』と『人民文庫』』とは、転向のふたつの現はれだった」という定義は間違いではない。ただし、この場合の『日本浪曼派』は亀井勝一郎や太宰治らによって代表されるべきであって、保田をその中心と捉えることは不正確であろう。

次に、では思想としての「日本浪曼派」とは何かと問われるならば、それは保田によって体現されたものであると答えてしかるべきだろう。一九三六年十月に発表された初出「日本の橋」によって、私小説とプロレタリア文学を止揚するものとしての「日本浪曼派」的文学が成立したからである。この意味においては、これも冒頭で引用した、「日本ロマン派とは保田与重郎以外のものではなかった」という橋川文三の言葉は正鵠を射ている。ただ、「日本ロマン派の起源は、精神史上の事件としての満州事変にさかのぼる」という定義については修正しなければならない。なぜなら、「日本の橋」の母体となった「裁断橋擬宝珠銘のこと」は満洲事変より前の一九三〇年に書かれているのであり、「日本の橋」が日本「近代」批判の最初の現われであることからすると、さらにそれより先まで遡ることが可能だからである。このことは早く、『日本浪曼派』の「創刊之辞」に予言されている。保田は次のように述べていた。

回みるに今茲昭和十年は、我が日本の新文学史上始めて泰西文学精神の移入せられしより、数へて正に五十歳に当る。然も彼の精神遂ひに伝統として転されず育くまれず、不断の流行衰憊に委ねられ、悟達繊細の精神も今や新文学上に跡を断たんとするに近い。文学の習ひ一朝に成就せず、芸術の嘆き一夕に展き難きを嘆く。則ち僕

ら文学に心を同くする青年和して、其の樹立に応ぜんとする。(43)

ここにある「昭和十年」の五十年前とは一八八五年であり、これは、この年に坪内逍遙が「小説神髄」を発表し、初めてヨーロッパの文学理論を輸入したことを指している。まさに「文明開化」こそが「日本ロマン派の起源」なのであり、だからこそ保田の日本「近代」批判は、のちに「文明開化の論理」に対する批判へと繋がっていくのである。

最後に、とは言えこの後「日本回帰」し、著しく狂信化する戦時中の保田の言動を全面的に肯定することは難しい。しかしそのことをもって保田ならびに思想としての「日本浪曼派」を全否定してしまうならば、二重の意味で思想を隠蔽することになってしまうであろう。少なくともここでは、保田が思想としての「日本浪曼派」としてもっていた日本「近代」批判という契機は、正当にすくい上げておきたい。なぜなら、この日本「近代」批判が、のちに全面的な近代そのものへの批判へと繋がっていき、私たちの現在的な問いと連続することになるからである。

註

(1) 高見順「倫理的意識の日本的歪曲」(『世界』第六十六号、岩波書店、一九五一年六月)一四二頁。
(2) 橋川文三「日本浪曼派の問題点」(『同時代』第五号、黒の会、一九五七年七月。同『増補 日本浪曼派批判序説』、未来社、一九六五年)二四頁。
(3) 橋川、同上「日本浪曼派の問題点」二四頁。
(4) 橋川、同上「日本浪曼派の問題点」二五頁。
(5) 橋川、同上「日本浪曼派の問題点」二五頁。
(6) 橋川、同上「日本浪曼派の問題点」二五頁。
(7) 橋川「日本浪曼派の背景」(同上『同時代』第五号)二八頁。
(8) 橋川、同上「日本浪曼派の背景」三二頁。
(9) この間の経緯については、拙稿「一九三四年の保田與重郎――『日本浪曼派』前夜の思想」(『京都精華大学紀要』第三十九号、二〇一一年九月)を参照。
(10) 正宗白鳥「『日本浪曼派』その他」(『文藝』第三巻第三号、改造社、一九三五年三月)四八～四九頁。
(11) 三木清「浪漫主義の擡頭」(『都新聞』一九三四年十一月八日～十一日)。
(12) 高見順「浪曼的精神と浪曼的動向」(『文化集團』第二巻第十二号、文化集團社、一九三四年十二月)。
(13) 森山啓「反現実主義者のロマンチシズム」(『文藝』第二巻第十二号、一九三四年十二月)。
(14) 保田與重郎「後退する意識過剰――「日本浪曼派」について」(『コギト』第三十二号、コギト発行所、一九三五年一月)、同「日本浪曼派の立場」(『読売新聞』一九三五年一月二十日～

二十一日）、同「日本浪曼派のために」（『三田文學』第十巻第二号、三田文學會、一九三五年二月）、同「浪曼派の立場」（『改造』第十七巻第二号、改造社、一九三五年二月）。

(15) 亀井勝一郎「現代の浪曼的思惟」（『文學界』第二巻第一号～第二号、文圃堂、一九三五年一月～二月）、同「浪曼的なるもの」（『早稲田文學』第二巻第二号、早稲田文學社、一九三五年二月）。

(16) 中島榮次郎「今日のロマンチシズムに就いて」（『文藝』第三巻第二号、一九三五年二月）。

(17) 例えば、森山啓「「転形期の自我」について」（前掲『文學界』第二巻第二号）、春山行夫「能動精神の一断面」（『三田文學』第十巻第一号、一九三五年一月）、板垣直子「「浪漫派」と「能動主義精神」批評」（『セルパン』第四十八号、第一書房、一九三五年二月）など。

(18) この間の詳しい経緯については、前掲、拙稿「一九三四年の保田與重郎――『日本浪曼派』前夜の思想」を参照。

(19) この初出「日本の橋」と初版「日本の橋」は発表時期に一カ月の差しかなく、実質的に同じものとみなす向きもある。だが、保田は雑誌に掲載された論文を書籍にまとめる際、校正の段階でかなり手を入れる傾向があり、この初版「日本の橋」においてもその例外ではない。第一出版センターが編集し講談社から刊行された『保田與重郎全集』は、保田本人の意志を忖度して「異同のあるテキストを持つ作品についてはすべて最終稿を以て底本とする」（谷崎昭男「改題」、『保田與重郎全集』第四巻、講談社、一九八六年、四三三頁。以下、『全集』と略記）と定めているが、確かに文学作品としてのみの評価であればそのような見方も成立するとは思われるものの、思想史研究という観点からすると、問題があると言わなければならない。文芸批評としての完成度と思想の発展過程とは、必ずしも一致するとは限らないからである。むしろ、完成度が低いからこそ、原初の問題意識が生々しく出ていることの方が多い。したがって本稿では、若干の差しかないとは言え、初出と初版はそれぞれ別の論文とみなす。

(20)『コギト』創刊時期の保田については、拙稿「『コギト』創刊前後の保田與重郎――個人抹殺への危機感」（『京都精華大学紀要』第三十七号、二〇一〇年九月）を参照。

(21) 白石喜彦「「日本の橋」ノート」（『國語と國文學』、東京大学国語国文学会、一九七八年九月号）四六頁。

(22) 水上勲「保田与《ママ》重郎「日本の橋」校異と私註(一)」（『帝塚山論集』第四十五号、帝塚山大学教養学会、一九八四年六月）九〇～九一頁。

(23) 渡辺和靖『保田與重郎研究』（ぺりかん社、二〇〇四年）三五五頁。

(24) 河田和子『戦時下の文學と〈日本的なもの〉――横光利一と保田與重郎』（花書院、二〇〇九年）一三七～一三九頁。

(25) 渡辺、前掲『保田與重郎研究』三五一頁。

(26) 保田、前掲「日本の橋」（初出）二五六頁。

(27) 濱田青陵『橋と塔』（岩波書店、一九二六年）三五頁。

(28) 保田、前掲「裁断橋擬宝珠銘のこと」(『全集』第四十巻、一九八九年)四三頁。
(29) 拙稿「保田與重郎における「浪曼主義」の形成――「逃避」から「反抗」への転回」(『史境』第三十二号、歴史人類学会、一九九六年)を参照。
(30) 保田、前掲「裁断橋擬宝珠銘のこと」四二頁。
(31) 保田、前掲「橋」三一頁。
(32) この間の詳しい経緯については、前掲、拙稿「一九三四年の保田與重郎――『日本浪曼派』前夜の思想」を参照。
(33) 保田、前掲「橋」三一頁。
(34) 保田、同上「橋」三一頁。
(35) 保田、前掲「日本の橋」(初出)二七〇頁。
(36) 保田、同上「日本の橋」(初出)二七〇頁。
(37) 保田、同上「日本の橋」(初出)二七〇頁。
(38) 澁川驍「文芸時評――保田氏の「日本の橋」を中心に」(『人民文庫』第二巻第六号、人民社、一九三七年五月)一五四~一五五頁。
(39) 保田、前掲「浪曼派の立場」(『全集』第七巻、一九八六年)二七八頁。
(40) 保田、前掲「日本浪曼派のために」(『全集』第二巻、一九八五年)四四九~四五〇頁。
(41) 保田、「編輯後記」(『日本浪曼派』第二巻第七号、武蔵野書院、一九三六年九月。『全集』未収録)。
(42) その表われのひとつが、一九三七年二月の第一回池谷信三郎賞受賞だろう。この賞は『文學界』がこの年から新たに設けたもので、保田は「日本の橋その他」が評価されて受賞している。同時に中村光夫も「二葉亭四迷論その他」を理由に受賞しているが、この同時受賞の意味については、拙著『超克の思想』(水声社、二〇〇八年)二五三頁の註127を参照。なお、『文學界』の一九三七年二月号には、林房雄と河上徹太郎が保田の、同じく林と小林秀雄が中村の受賞理由について述べている(二六五~二六六頁)。
(43) 保田、「創刊之辞」(『日本浪曼派』創刊号、一九三五年三月。『全集』第四十巻)三三一~三三二頁。

(二〇一一年一月十七日)

『文藝戦線』から読む朝鮮・朝鮮人

梁《ヤン》 禮先《イェソン》

◇ はじめに

日本の近代文学史の中で朝鮮を意識的に日本の文学作品に取り上げたのはいつ頃からだろうか。それぞれ解釈に差はあると思うが、私の見解は日本のプロレタリア文学運動時代と見る。そこには日本の多様な無産者階級を描き出すなかで、それまでにあまり取り上げられることがなかった朝鮮と朝鮮の虐げられた人々にやっと目を向けるようになった、と言えるのではないだろうか。

朝鮮が強圧的に植民地にされる時も、日本の文学者たちは声を上げることはなかった。また、どの作品を見てもその事実から目を背けていた日本文学者たちであった。一九一九年三月一日に、朝鮮では初めて全土で朝鮮の独立を要求する抗日運動がおき、その結果男女老少を問わず無差別に銃を向けられたときも、日本の文学者たちはただ傍観していた。

しかし、日本の労働者・農民を描き、様々な底辺文学を生み出した日本のプロレタリア文学が、やっともっとも下層であえぐ朝鮮の人々を描き始めたのである。そのきっかけになったのは中西伊之助の『赭土に芽ぐむもの』ではないだろうか。『種蒔く人』の同人であった中西伊之助が一躍注目を浴びて文壇にデビューした作品でもある。

他にはどのような作品があり、朝鮮と朝鮮の人々をどのように把らえ、どのように描いたか。日本のプロレタリア文学全体を総合的に取り上げないといけないが、まずここでは、プロレタリア文学の先駆となった『種蒔く人』を継いだ『文藝戦線』に絞って考えたい。『文藝戦線』の中にはどのような作品があり、その作品を通して、朝鮮と朝鮮の人々をどのように描いたかを眺めてみたいと思うのである。

Ⅰ　作品その内容と意味

1、戯曲について

まず、戯曲の中から佐野袈裟美の「混乱の巷」(一九二四年九月)と武藤直治の「明日を信ずる人々(三場)」(一九二五年一月)を取り上げてみる。

佐野袈裟美の「混乱の巷」は、関東大震災の「朝鮮人虐殺」問題を扱った作品で、背景は一九二三年九月四日、東京場末となっている。詳しい内容から見てみよう。

関東大震災から三日も経っているのに、九月一日の大地震の被害がそのままになっている中、商店街の店主たちや学生、会社員、労働者などの一団が、竹槍・棍棒・日本刀などをもって街道の曲がり角に分かれて立っている。彼らは朝鮮人が、放火したり、爆弾を投げたり、井戸へ毒薬を入れたりしている、と噂話をする。また、二三百人の朝鮮人が幾手にも分かれて放火して歩いたので、東京があんな大火になったとも言う。それから、夜警に出ていない近所に住む教授のことを批判しているところに、教授が現れる。教授が、朝鮮人の噂は信じられないと言ったところ、特に学生が一番反発する。そこへ、在郷軍人が現れて、戦闘準備をするように、武装した朝鮮人が八十人ばかり自動車に乗って、こちらに向かって襲撃して来るそうだと皆に伝える。するとまだ騒ぐ。そこに小僧が現れて、二台の自動車でお巡りさんに護送されてきた朝鮮人を、皆が取り囲んで自動車から朝鮮人を引きずりおろして、無茶苦茶に殴るやら、蹴るやら、突くやら斬るやらしていることを伝える。在郷軍人がまた現れて、先ほどの朝鮮人がこちらに向かっているとの報告は間違いだったと伝える。

自警団の前を髪を長くして、ルパシカを着た青年が通りかかった。「鮮人だ」と言って、いきなり青年の頭を後ろから棍棒で殴りつける。それが日本人とわかるとびっくりするものの、服装から「社会主義者が朝鮮人を扇動して暴動をさせたから生かしちゃおけない」と、自分たちの行為を正当化しようとする。しかし、近所に住む青年だとわかると慌てて病院へ運ぶ。

その後も「朝鮮人女」と間違われた看護婦が通ると、爆弾を隠しているのではないか「裸になってみな」と言う場面や、青年団員から、この裏に社会主義者二三人が住んでいるから、「自警団が何とか処分してしまおう」と言い出し、労働者と教授が反対すると、朝鮮人や社会主義者の肩をもつのは「国賊の仲間」と言う場面等がある。

朝鮮人の兄妹が通りかかる。明治大学の学生だと身分を明かすにもかかわらず、同じ朝鮮人だから朝鮮人は皆同じ共犯者だと、朝鮮人学生のほほをなぐりつける。朝鮮人に危害を与えないように止める教授に向かって、まずこの教授から片付けると言い、「国賊め」と、学生と皆は竹やりで突いたりけったり棍棒で殴る。教授の妻も出てきて泣きながら止める。会社員は朝鮮人兄妹を逃がす。労働者が教授に暴行する皆を止める。しかし、もう遅かったのである。

一九二三年九月一日、関東大震災が起きたとき、日本軍が流布したデマを発端に六、〇〇〇人以上の朝鮮人が虐殺されたと言われている。「混乱の巷」はその関東大震災を題材にした戯曲であるが、当時の状況がそのまま生々しく描かれている。例えば、「朝鮮人が、放火したり、爆弾を投げたり、井戸へ毒薬を入れたりする」とか、「寺島や亀戸邊では、在郷軍人や青年団につかまつて、随分澤山の××が殺されたつてことだ」などと、実際の状況をそのまま取り入れた貴重な作品と言える。社会主義者に対する偏見や、朝鮮人に対する偏見や差別などの模様が、短い時間的空間のなかで戯曲を通して展開された作品だと言える。何の根拠もないのに、「朝鮮人が、放火したり、爆弾を投げたり、井戸へ毒薬を入れたりする」とか、「二三百人の朝鮮人が幾手にも分かれて放火して歩いたので、東京があんな大火になった」とか、「あの日の三四時頃から夜へかけて何かの爆発する」音は「鮮人が爆弾を投げた音」で、「鮮人をつかまへて見ると大概綿と石油を持つて」いたとかなどのデマの内容の詳しい記述や、「あいつ等は日本人をありがたがらなくちやならないんだ。あいつ等の国を日本人が治めてやつてゐるんだからな」。「日本人が行つて平和に治めてやるやうになつてから、あいつ等はどれだけ幸福になつたかしれやしないんだ」などと綴られている。

この作品で強調すべきところは、偏見や差別で朝鮮人という理由だけで殺されなければならなかったことや、朝鮮人に対する無差別の虐殺が行われた状況と、その理由に対しても、混乱に落ちいって状況判断が出来ない群集心理や、それを利用する権力、社会的背景などについても、ほとんど事実に基づいて正確に表現できたことであろう。続いて、朝鮮人だけではなく朝鮮人を扇動しているのが社会主義者だというので、社会主義者も朝鮮人と同じ犠牲の対象だったということを明確に表現しているところも注目したい。

関東大震災を描いた作品はこの作品だけではない。同じプロレタリア文学からは藤森成吉の「草間中尉」(『戦旗』一九二七年七月)や越中谷利一の「一兵卒の震災手記」(『解放』一九二七年九月)、越中谷利一「不発弾」(『戦旗』、一九二九年八月)などがあるが、この三編は兵隊の立場で書かれた作品だが、軍隊の「鮮人狩り」についてリアルに描いた作品もあり、「反軍小説」とも言われている。これらの作品も佐野袈裟美の「混乱の巷」と共に、関東大震災における朝鮮人虐殺について真面目に取り組んだ小説と言える。『種蒔く人』の同人に続いて『文藝戦線』の同人でもあった佐野袈裟美について付け加えると、『種蒔く人』に続いて創刊された『シムーン』(二号から『熱風』と改題)の中心メンバーでもあった。

戯曲の二つ目の作品として、武藤直治の「明日を信ずる人々(三場)」(一九二五年一月)がある。

この作品の舞台は、東京山ノ手の古い洋館の階上で、朝鮮人たちが集まって住んでいるところとなっている。時代は一九二一年頃。劇は、二人の朝鮮人青年、朴世寧と李沖陽が話しているところから始まる。李沖陽が明後日にある講演会の講演を、世界文化史の研究者である朴世寧に頼んでいる。しかし主催側である李沖陽は朴世寧に断られる。その理由は、結論的に自分の思想は今の世に調和しないからというもので、しかしその思想は書いておけば今に誰かが見出して受け入れてくれる時がくるということだった。それについて独学の青年である李沖陽は、朴世寧にそのようなことは大きな夢に過ぎない、現代の世界は生きた犠牲を必要としていると説得する。続けて、世界は今苦しんで、うめいて、救いの手を求めており、朴世寧に向かってブルジョア意識に中毒していると非難する。朴世寧は負けずに李沖陽に、自分の苦しみを投げ捨てて他人を救済しようと騒ぐほど馬鹿げたことはないと言い返す。

李沖陽と朴世寧二人は、夢のような論と、現実に立ち向かう論とで譲らない。しかし、朴世寧はずっと断っていたが、結局あさっての席上講演を引き受けることにする。

まもなく、一緒に住んでいる金元庸が顔などが血だらけになって帰ってくる。酒場で日本人の女中をかまったというので、日本人の客七～八人から袋だたきにされたという。その理由と言うのは「ヨボのくせに生意気」だということであった。

数日後、なぜか日本人に殴られた方の金元庸が捕まって実刑になってしまう。そして、まだ思想が熟してないと言っていた朴世寧が妹の朴世錦を連れてアメリカへと旅だった。このような状況を見守りながら李沖陽は、虐げられた人たちのために人類を救い、地上にユートピアを築く決心をいっそう強くする。三ヵ月後に朴世寧の妹世錦からハガキが届く。また、金元庸も出獄する、という内容になっている。

この作品は、結論から言えばこの時代に生まれた朝鮮人の若者たちの苦悩を描いた作品であろう。朝鮮人の若者たちの複雑な心境やそれぞれの思想・生き方などをよく表現したと言える。現実にまっすぐ立ち向かおうとする行動派と、もっと思想を熟させてから行動しようとする慎重派と、それぞれの意見が一致しない。しかしながら、ここで見逃してはいけないのは、対立しながらも結局お互いの立場を理解し合っているということである。これらのことから、作品を超えたこの時代の朝鮮の若者の複雑な入り乱れた心境が表れていると言える。

ここで付け加えるなら、朝鮮の若者たちの苦悩だけではなく、この時代の日本の若者たちの生き方もある程度朝鮮の若者のように、複雑だったのではないだろうかということである。出発点は一緒だったはずが、展開の方法から段々と思想の差が生じていたことなどである。しかしながら、目指すところは一致する。そこで相手を排斥せず、一歩ずつ譲り合いながら共存しあえた時代だったのではないだろうか。少なくともこの『文藝戦線』の前期のように、「アナ」と「ボル」などを明確に分離せず、大きい目標の元で協力し合いながら『文藝戦線』の同人として歩めたことなどを挙げることができるだろう。

「明日を信ずる人々」の作品内容に戻ると、同じ所に住んでいる金元庸と黄大年も参政権請願運動をやっているし、出獄した金元庸は「〔前略〕国利民覇増進して、民力休養せん、もしならなきやダイナマイト　ドン!」という歌を歌っているところもある。朝鮮の若者たちが異国の地で、それぞれが目的はあるものの、進む道の困難さのゆえに、苦悩し励んでいることがよく表れた作品だ。日本の地で、朝鮮人としてただ生きることさえも簡単ではなかった時代であったろう。作中にも明後日の集会を「中止」するようにと、「口髭のある目のするどい」和服の「客」が訪ねてくる。その客は、「三人以上の会衆は群集と認めて随意に解散を命ずる権限があるんだからな」と脅かす。朝鮮人は日本でいつも監視の対象になりうるという意味でもある。

同じ作者の武藤直治の「新文化印刷所」(一九二六年二月)という作品がある。この作品の内容は、小さな印刷工場にある日「朝鮮ひげを生やしたルパシカの男」から「大へん割のい丶仕事」が入った。「大ていは紙型を要しないじか刷りのはものばかり」を引き受けていたが、その客の注文は「紙型」であった。その仕事の内容は「題名も、見出しも、何にもないのつぺらぼうの原稿」だった。二〜三回頼まれて、三度目に「この原稿や校正刷りをあとへ残さないで下さい」と言われた。「大へん割のい丶仕事」が仕上がってしばらく経ってから、喜んでいた夫婦に、「×月×日午前十時當局に出頭を命ズ。××」の文面の封筒が送られてきた。怯えて出頭した夫婦に「秘密出版の原稿」だと言われた。役人に今度だけは「特別で起訴猶豫にしてやる」と言われ、茫然となる話である。この作品では、朝鮮人と関わると問題が起こるという意味と、朝鮮人は常に日本の中で、「秘密」の仕事に関わっているという、意味合いの内容でもある。

武藤の「明日を信ずる人々」でもう少し欲を言うなら、この朝鮮の若者たちの問題意識や苦悩が、もう少し具体的に表れてもいいのではないかというところである。勿論、皆が目指すところは一致するはずである。しかし、朴世寧が言う今の世の中に調和しない思想が何であり、李沖陽の現実に立ち向かう論が何であるか。他の若者が広げている動きなどの記述が、制約による困難さはあったとしても、もっと見えるように記してほしかったという欲を出さずにはいられない。

この作品の背景になっている時代は、朝鮮の金基鎮、朴英熙など、多くの朝鮮の文学者が日本で留学していた時代とも重なる。金基鎮の東京留学時代の思い出の話からも、同じ建物に何人もの朝鮮の留学生たちが一緒に住んでいたことがわかるが、それはこの作品の設定と重なっており、当時の朝鮮の若者たちの様子が伺える作品である。

上記に挙げた作品の他に戯曲で川内唯彦の「スパイの家」(一九三〇年三月)という作品があるが、ここでは上海が舞台で、日本人スパイが運営しているカフェーに朝鮮人のコック二人がいて、偶然入った日本人労働運動家が日本人スパイの密告で捕まりそうになったとき、朝鮮人のコック二人が仲間として助ける内容になっている。

2、小説

小説では、黒島傳治の「穴」(一九二八年五月)、赤木麟の「京城の顔の點描」(一九二七年二月)、前田河廣一郎の「朝鮮」(一九三一年九月、一一月、一九三二年一一月)などを上げることができる。

黒島傳治の「穴」は、反戦文学者として知られる黒島傳治が、朝鮮人の弱い一人の老人の話を描いた告白小説とも言われている。その内容から詳しく見てみよう。

ウスリィ鉄道沿線のP―村で、陸軍病院一等看護卒栗島が使った五圓札が偽造紙幣ということがわかり、憲兵に連れて行かれた。それは栗島が俸給として受け取った紙幣だった。極めて精巧に、細心に印刷されたものだという。

栗島は、色々聞かれても身に覚えがなく、そのまま出てきた。再び憲兵隊に連れて行かれたときは、ある一人の朝鮮人老人に会わされた。顔が平べったい、阿片の臭いがする垢に汚れた朝鮮人の老人であった。栗島はなぜ憲兵隊に連れてこられたのか、理由もわからず朝鮮人の老人と対面させられる。訳がわからないのはその朝鮮人老人も同様であった。

憲兵隊から帰った栗島は、同僚から、月三〇圓で憲兵隊に雇われた密偵が偽装紙幣の犯人を見つけたということを聞かされる。半里ばかり向こうの沼のほとりに「鮮人部落」があり、栗島が皆に隠れてそこに行って、偽紙幣を貰っただろうとの推測らしい。

十人ばかりの兵卒が谷間の白樺のかげに穴を掘ってその傍らに立っているなか、憲兵隊の営倉に入れられていた朝鮮人老人が憲兵に脇を引き立てられて白樺の下まで連れて行かれた。将校に遊び半分で軍刀をぬいて斬りつけられて、穴の中に突き落とし入れられた老人は、なぜこのようなことをされるのかと、朝鮮語で喚きながら必死で訴えるが、誰もその意味をわかろうともせず、「穴の底で半殺しにされた蛇のやうに手足をばたばた動かしてゐる老人の上へ、土がなだれ落ちて行きだした。」「兵卒は、老人の唸きが聞こえるとぞつとした。」「土は、穴を埋め、二尺も、三尺も厚く被る蔽ひかけられ、つひに小山をつくつた」。

日にちが経って、次の俸給日が来たとき、解決した偽装紙幣事件は再び起こらないと信じられていた。しかし、また偽装紙幣は見つかり、一団の前科者が二ヶ月後に検挙された。

中西伊之介の長編『赭土に芽ぐむもの』（一九二二年二月、改造社）にも、阿片の話が出てくる。義父が朝鮮で阿片を売っていた。「蒼ざめた、全く文字通りの土色になった土人が、ふらふらと亡者のような歩きっぷりで入り替わり立ち替わり店へ這入って」来る。「死人のような顔」をして阿片を買いに来る朝鮮の人々。朝鮮の人々が壊れていく姿、植民地朝鮮の統治姿勢を垣間見ることができる内容である。

黒島の『武装せる市街』（日本評論社、一九三〇年一一月）でも「日本人はヘロを売つてもかまわない。しかし、支那人の如くヘロを吸つてはいけない」とある。ところが、「支那人の如くヘロを吸つて」しまった阿片中毒の日本人が出てくる。この日本人のことを支那人たちは軽蔑した態度で、日本人かと尋ねる。阿片中毒の日本人は「朝鮮人」だと答えるのである。この作品でも中国で日本人が阿片を売買しているが、阿片は日本から運んで中国で売っている。阿片の輸入などが禁止されているのに「阿片戦争以来、各国の帝国主義が支那民族を絶滅しようとして、故意に阿片を持ち込む」とある。また、「日本人が持って来なくっても、独逸人か、ほかの外国人かが持って来るにきまっていた。」と、躊躇するどころか阿片の売買を正当化して扱っている日本人らを描いている。この作品では日本人の老人が阿片中毒で無気力に壊れていく姿やそのせいで家族も巻き込まれていくありさまが描かれているが、なぜか「穴」の朝鮮人老人にその姿が投影される作品でもある。

小説「穴」の阿片中毒の朝鮮人老人の姿から、偽装紙幣など作れるとはまったく想像がつかない。朝鮮人を既に無気力状態に落とし入れてしまった植民地権力に、それでもなおさら利用して命までもてあそばれる。国を奪われた民衆に出来ることは何にもない。

作者自身、シベリア派遣歴があり、ラズドリーエ陸軍病院に衛生兵として勤務した。その時の体験談などを次々と発表し、数編が発禁となった。「穴」の次に発表された「パルチザン・ウォルコフ」を掲載した『文藝戰線』も発禁になってしまう。「穴」はこのように、事実を暴露した作品と言われている。さきに挙げた川内唯彦の「スパイの家」という戯曲から、上海で活躍しているスパイに自分たちの正体を知っているかと聞かれ、朝鮮人の金萬元が「勿論、お前さん方が、札附のスパイで……紙幣偽造の親玉だっていふことは、ちゃんと知っていらアな」と答える場面がある。上海の日本特務機関をすぐ呼べる日本人スパイが、紙幣偽造もしていることをこの作品から読みとることが出来る。

「穴」での、無気力な一人の老人を紙幣偽造の犯人にでっちあげて、虫けらのように殺しながら生き埋めていくこの作品の内容は、衝撃的告白本の一面を描いたと言っていいだろう。

次に上げる作品は赤木麟の「京城の顔の點描」であるが、この作品は京城の色々の複雑な姿を写し出しており、それぞれの違った話題が「點の1」「點の2」という形で収められて書かれている。それぞれの内容は次の通りである。

（點の1）日本では東洋一の島国を表す目的で、名称の頭に「大」をつけるようになった。朝鮮も「時勢に遅れちゃいかん」と、「大」を冠せだした。ある新聞の紙面に次のような三段抜きの見出しが載った。「四十萬の人口と　周廻十里の面積を包含する「大京城」の都市計畫成る　本日の都市委員曾議」などである。

（點の2）黄金町の東洋拓殖会社と道路向かいの空地に犬小屋が無造作に積み上げられている。犬がいるのかと思って見ると、どの穴にもいるのは十歳前後の少年たちだった。家も、食べるものも、仕事も、年齢も、名も、親もない。「これ以上完全な『ゴロツキ』があり得ようか」と書いている。

（點の3）ある「結氷期」の年、ドブ河に「犬の糞」のように捨てられてある腐った人間の手足が発見され、その日の夕刊に大々的に事件として報じられた。警察も犯人探しで血眼になる。しかし、それは事件ではなく、ある少年が凍傷で足が腐敗し、引きずるのが面倒になり、掴んで引っ張ってみたら関節のところから取れたのでそれをドブ河に捨てたのであった。勿論この少年は朝鮮人であった。

（點の4）物乞いの数においては「日鮮一」の南大門で、

十二三歳の男の子が座っているところを人々が群がっている。なぜなら、砂を「むしゃむしゃ」と食べているからであった。しかしながら、誰一人彼に「支那パン」一つ上げるものはいなかったという。

（黠の5）国祭日に日本の国旗を揚げるのは朝鮮人の家では少ない。一人の「オモニイ」が日の丸の旗で眞鍮の便器を包んで質屋へ持って行って叱られたが、彼女はそのわけがわからない。

（黠の6）省略

（黠の7）普通学校（日本の中学校）に通っている魚君は、図書館で本を借りる時、本名を書かない。なぜなら、図書館と学校と警察とが連絡されていて、誰が何の本を読んだのかを調べ上げているという噂が流れているからである。「怪しからぬ本」を読んだものは上の学校へ進級できないという噂が流れている。それで魚君は出鱈目の名前と住所を書いてマルクスを読み続けている。

（黠の8）朝鮮では、「独立」とか「萬歳」の文字を禁止している。例えば「アメリカ独立史」も「アメリカ建国史」に変わる。八月のある日、北岳山に登る。「七百餘萬圓を費した新総督府」が見え、また唯一、赤旗が見えるところがあったがそこは貞洞のロシア領事館だった。

それぞれの「京城」の様々な姿が皮肉っぽく語られているが、その内容からして日本では考えられない、朝鮮でしか見られない朝鮮の姿であろう。ルポルタージュのように書かれた小説であり、植民地のその政策などを批判的に表現するための一つの方法と見てよいだろうか。

小説で最後に挙げたいのが前田河廣一郎の「朝鮮」である。この作品は、一九三一年九月から一九三二年一一月まで三回に分けて連載された長編小説で、朝鮮のもっとも貧農といえる火田民を題材にしている。

その内容は、植民地政策によって農地を奪われた朝鮮の農民が、朝鮮から追われ満州とシベリア国境の奥地の森林を切り払い、焼き払ってジャガイモや稗などを植えて生命をつないでいる。一九〇〇万人の朝鮮人のうち、一二〇万人の火田民がいるという。この火田民二家族が植林事業のために日本人官憲に怯えて国境の奥地を彷徨する。馬賊と軍警に襲われながら、最後の希望を持って黒竜江へ向かう。満州で人々に騙されながら彼たちが理想としていた「ソウエート・ロシア」に着くが、そこも結局自分たちが求めていた世界ではないことがわかるという内容である。

この作品で興味深いところは「ソウエート・ロシア」の記述である。朝鮮から追い出された火田民たちが命を賭けてたどり着いた理想の地「ソウエート・ロシア」で、火田民たちは軍事委員会の臨時査問会にかけられた。何の目的でソビエト連邦へ入ってきたのかという質問に「おら、だまされにきたやうなもんた！　おらの考へた黒竜江ちうは、貧乏人が楽をして、役人も鉄砲も税金ねへとこだと思ったんだ。……」などと答える。また「お前は、ソウェート・ロシアのどういふ国であるかを知ってるかね？」という問いには「さあ、楽の出来る国だと思ったら―飛んでもねえ小忙しい国だ。」と答える。この質問をする組織委員が、火田民たちが頼りにして命をかけてきた人物であった。つまり、首謀者とされて審判を受けている人の息子だったのである。

息子がはるばる命をかけて訪ねてきた親を審判し、本国へ送還する。役人になっているこの息子もいずれは粛清の嵐のため、「没落」したと、後の改題した単行本『火田』では書かれている。

作者は、日本の小説は勿論中国を題材にした小説まで幅広く書いた作家である。大勢の人が夢見るソビエトに対して、これほど冷静に書かれたことについて、大変興味深い作品である。前田河の作品ではこの他にも関東大震災を題材にした「最後に笑う者」（越山堂、一九二四年三月）に朝鮮の人が登場する。

3、詩

プロレタリア詩には、朝鮮を題材にして詠ったものでもっとも知られているのが、佐多稲子の「朝鮮の少女一」（『驢馬』一九二八年五月）・「朝鮮の少女二」（『驢馬』一九二八年五月）や、槇村浩「間島パルチサンの歌」（『プロレタリア文学』一九三二年四月）、中野重治の「雨の降る品川駅」（『改造』一九二九年二月）であろう。その他にも朝鮮を題材にした詩は多数ある。例えば後藤郁子「朝鮮よ」（『女人芸術』一九二九年二月）、小林園夫の「朝鮮人労働者」（『プロレタリア芸術』一九二八年二月）、金井新作の「銃殺―ある国境守備兵の話」（発表誌不詳『題を忘れた絵』に収録）などである。『文藝戦線』ではどのような朝鮮を歌った詩があるのか。杉田利久の「職を失った鮮人よ―」（一九二九年一一月臨時増刊号）、高橋辰二の「奴隷の唄」（一九三〇年二月）、下遠野赤心の「鴨緑江」（一九三一年七月）、小宮山守の「李少年」（一九三一年一〇月）、金熙明の「異邦哀愁」（一九二六年三月）などをあげることができる。では、詩では朝鮮をどのように歌ったのか一つずつ眺めてみよう。

小宮山守の「李少年」は、「尻切れた汚れた草履と　アカに汚れ汗に濡れツギだらけの着物と　倒れては起き又たほれ　飢にひだるい隙き腹で　青白い顔して　人々のブベツの眼をさけ　伏目勝な少年よ……」「道行く人の情の袖に

すがり　一銭又一銭と哀れを乞ふ　少年よ、お前の前に何がある？　チ、ハ一ネンマエカラビョウキデ　ハ、ハカタテナク、アニハカエラズ　カナイ五ニンデクルシミヰマス」「(中略) お前の名は何んと云ふ　李です　お前はいくつ　五ツです……」(中略)「……道端で人々から灰色のブベツを受けて　朝鮮乞食とさげすまされたお前だ　が一たい誰がお前をさうさせたのか？　親か　否な　兄弟か　否な　少年よ、それはみんな金持がさせたのだ……」

「李少年」という長いこの詩の内容には、実在している李少年の家族を歌ったように、家族の状況が詳しく歌われている。例えば、なぜ朝鮮から追われて日本へ来たのか。父親はなぜ病気になってしまったのか。母親も、工場で働いていたがなぜ機械で片手を失ったのか。などである。そのため五歳と、物心もつかない幼い子どもが、家族の生計を背負っている。これ以上の底辺といえる生活があっただろうか、と言いたいほど悲惨な現状である。五歳の子ができる生計手段というのが物乞い以外何が考えられようか。長い長編小説よりもこの短い詩の中に悲しい一家の物語が凝縮されている。

　しかし、五つで少年と言えるかと疑問も持ってしまうが、ただ一家の生計を背負っている面では少年の役割でなければならないだろう。五歳の幼子に一家の責任を負わせる、そのすべての原因を資本家で「お金持ち」にすり替えてしまうところが、『文藝戦線』らしいところでもあるが、そのような部分がまたこの詩の歯がゆいところでもある。ところが、朝鮮人のこの家族の不幸のもとが、〝国〟ではなく〝資本家〟であるとされているためにこのような詩が削除もされずに発表できたのかとも、思ってしまう。朝鮮の人の日本での状況と生活を歌った数少ない作品と言えよう。

金熙明の「異邦哀愁」では、「本賃《ママ》宿住居　朝鮮人の子供父親が稼ぎに出ると独りぼち　下宿の周囲を、ぶらぶらとあるいている。」と始まるこの詩も、「李少年」と同様朝鮮の少年を歌っている。しかし、単に朝鮮人労働者の置かれた困窮などを歌っているのではなく、日本人少年たちによる朝鮮人少年への差別を歌っているところが、特異とも言えるし、朝鮮人の視点でこそ描ける作品とも言えようか。

　残りの詩の続きも載せておこう。「――電車は危ぶねえよと　父親に謂はれたから　裏通りばかりを歩るいてゐる。いつになつたら学校へ行けるのやら、九ツになつてもまだ家にゐる。　母親もなく、友達もなく　玩具もない部屋は眞闇だ！　近所の子供と遊ぶには、言葉が話せない。あるとき子供衆に這加つて遊んだら　―此の子は啞だよと皆がひやかして仕舞ふ　父親が帰つて来て　「ぼく坊―」と呼んだとき　あまりの嬉しさに。　朝鮮語で答えたら

子供らが　—「朝鮮人」、「朝鮮人」と痰をひつかけて騒いでゐる。—一九二六、一、九—」

　高橋辰二の「奴隷の唄」は、「一　俺は知つてゐる！　百姓の　畑は　荒され　行軍の、騎兵の　蹄で大根や　芋は荒される！　砲兵の　わだちは　村落をせん領する！　俺たちの——生れ——故郷！　朝鮮よ！（省略）三　野を越え　山を　越え　俺はただ、哀號！〳〵と嘆くのみだ！コレヤよ！　仲間よ、何処へ行けるんだ！　友よ！　何処へ行つたら働き口が見つかるんだ！　おう！　自由の無い国——狼の吠える所！　朝鮮！」という詩である。この詩もやはり朝鮮のおかれた立場やそれによる朝鮮の人々の苦しい立場を詠っていると言える。

　高橋辰二の「奴隷の唄」と朝鮮を逐われるところが似ている詩で、下遠野赤心の「鴨緑江」がある。土地や家を失った朝鮮の農民たちが耐えられず、村を出て北満州へと旅立っていく。国を追われた人々が「五人なり　十人なり毎日のやうに通つて行く」「雪の中には一人二人と子供達や年よりが残されて行つた。」「春になり雪がしと〳〵と解け初めると　からすの群は騒ぎ出した。」「冬に国を出た人達ちは今　遠い国の廣い原でカラスの餌になつたのである！」「カラスが掘るといくらでも出て來るのだ」という、この詩も悲惨な朝鮮の人々の有様を歌っている。ただ犠牲になっていくしかない。彼らには希望も生きていく方法も何にもない。あるのは自然の冷酷さだけである。

　杉田利久の「職を失った鮮人よ」も、手紙形式で朝鮮人の土工の知り合いに、また朝鮮人の労働者たちに語りかけ励ます内容の詩である。

4、その他

　岩藤雪夫の「つけ火！」（一九三〇年五月）では、最後の章（10　哀號！）が朝鮮を題材にしている。保安林から火が出て朝鮮人が「哀號！　哀號！」と泣いている。春から秋までカンバツが続き、五ヶ所の部落民二千世帯が保安林（管林）に掘立小屋をかけ、木の実や芽を食べて暮らした。「朝鮮総トク府」から立ち退きを命じられ、それぞれの家長たちは約八里の路を歩いて京城へ嘆願に出かけていて留守だった。留守番の二、五〇〇人に近い家族たちが火の中から、助けを求めて悲鳴を上げているが、巡査や兵隊も何にもできなかった。京城に行った家長たちは全員「××に送られた」ことがわかった。「人の噂によると、保安林を×××たのも××××お役人達だといふことだ。」「いろんな噂をからみ合せて見ると、×××××の×××のつけ火もまんざらウソではないだらうと思う」という内容の話である。

　岩藤雪夫の作品でもう一作紹介したい。「ガトフ・フセグダア」（一九二八年一二月）である。この作品は、プロレタリアは組合を持たなければならないと、初歩の段階から船員たちを説得するところから描かれていて、分かりやすい内容になっている。戦争が初まったら船を動かすなとも、全労働者は経済的理由で「戦争反対」の声明をしないといけないとも語っている。

この作品には「老子」崇拝家の中国人平等津と朝鮮人尹善賢が出てくる。二人は、彼らの組合組織などにまったく興味がない。船が危なくなったとき、誰もしようとしない役目を尹善賢が名乗り出る。その役目中尹善賢は結局荒波にさらわれてしまう、という話である。

山内謙吾の「線路工夫」（一九二八年四月）は、日本人の線路工夫の死をめぐって書かれた作品である。危険な鉄橋の架橋工事で日本人の工夫は皆恐くて嫌がる工事で、結局一人の日本人の工夫が作業中に落ちて死んだ。その死因を会社側が脳貧血死と処理してしまったことで、仲間たちが、作業中の死として正してくれることをいろいろと要求する話である。

この作品で注目したいのは、この危険な仕事を日本人の工夫がいやがるので朝鮮人が代わって投入されることになり、投入された「鮮人工」が次々と落ちて死んでいったのである。この「死」に対する描き方に問題があるのである。一人の日本人の工夫の死に対しては大変同情し、仲間が救済運動をしてくれることは勿論、その内容に比重をおいている。しかし、朝鮮人工夫の死に対しては、動物の死くらいの描き方のように、感情がまったく入ってないし簡単に描いているところである。この作品だけではなく、朝鮮人を主に題材にしない作品から感じられる描写であるが、朝鮮人を日本人と区別して差別的に描かれることである。このような描き方こそが本来の日本文学の中の朝鮮人であるだろうか。

等々力徳重の「漁場行」（一九二七年三月）の登場人物たちは、名前で呼ばれない。「ヨボ」「ロスケ」「グラク」「一等国、大和民族」などで呼ばれる。漁の仕事は大変きついため、国とかは関係ない。「「労働者には国境がないんだ」と自覚しない限り、インターナショナルでゆけないだろう」と、偏見的日本人を非難している。「ヨボ」と「ロスケ」は手を握り合った。後に日本人も団結のよさに気がつく、という内容の話である。日本人もいずれは優越感を捨てることは理解できるが、それだけで「インターナショナル」になるだろうか。「ヨボ」「ロスケ」でも「インターナショナル」になれるのであろうか。いわば日本人以外の民族が混じると全て「インターナショナル」になれるとの発想なのか、等、次々と疑問をぶつけてしまいそうな作品も結構多いのも事実である。

里村欣三の「富川町から（立ン坊物語）」（一）（一九二四年一一月）、「富川町から（立ン坊物語）」（二）（一九二四年一二月）がある。この作品は、「私は暇のある毎に、現代社会生活の圏外に生きて、而も蛆虫のやうに蠢めいている立ン坊の群から、あらゆる印象、体験、見聞を書きなぐってみやうと思ふ。」という内容から始まる。「富川町から（立ン坊物語）」（一）では、富川町の「立ン坊」の性質、木賃宿などの生活、仕事の流れや賃金などについて語ったものである。「富川町から（立ン坊物語）」（二）では、「インターナショナリズム」から「労働者気質に一致しないヨボ根性」、「コスモポリタン」など、富川町におけるより具体的生活や性質や、人々の話である。「窮乏のどん底に堕ちるとへんな自惚れも、エラガリも、亦従って利害の衝突もありやうがない。」「虐げられた者同士の心から、あらゆる障害を取り除くのである。そこにはもうヨボも琉球もチャンコロもない。人種の区別を超絶した、哀れにも見窄らしく飢えた兄弟の姿があるばかりだ！　お、、而し何んといふ惨めなインターナショナリズムであることか？」とある。しかし、仕事の面で、賃金問題で生ずる「人種排斥」と関わるとした上で、日本の労働者や職人は仕事の完成度が違うと語っている。それに反し、「ヨボ」は、仕事の「キマリ」をつけず「グータラ」であるという。続けて「ヨボや支那」は日本に比べて土方の一定の方式がなく「無茶苦茶」であるとし、これらを「排斥」の理由として挙げている。

里村の朝鮮と関連した他の作品には、朴烈と親しくしていたという里村の題名通りの朴烈に対する話である「思ひ出す朴烈君の顔」（一九二六年五月）や、実話に基づいた話であり、実存人物などがそのまま登場する「疥癬」（一九二七年一月）がある。「疥癬」では里村と親しくしていた朝鮮の文学者の金熙明などが出てくる。

5、朝鮮からの投稿や朝鮮の作家の作品

『文藝戦線』の興味あるところは、日本の各地域の運動状況なども植民地でのことも含めて載せられたことである。その中には朝鮮からの投稿もあって、朝鮮の現状や朝鮮の闘争運動状況などが伝わった。

また、朝鮮人の文学者の作品もいくつかあり、これらのことは改めて整理したいと思う。

Ⅱ、問題点などについて

私は「朝鮮人」と云ふ言葉を使はないやうにしていた。無論「鮮人」とは云はなかった。が、悲しいことには、

工事場には、さう云ふ言葉が、言葉そのものは仕方がないとしても、軽蔑や侮蔑の意味を含めて使はれることがあった。私が、若い頃マドロスとして、印度あたりまで行った時、欧米人などに、どことなく差別的に見られたりして「こいつはいけない」と思ってから、私はヨーロッパ人だから優越しているとも思わない代りに、印度人でもアフリカ人でも、支那人でも、朝鮮人でも、私よりも劣っているなどとは思はなくなっていた。

葉山嘉樹が「万福追想」（『文藝』一九三八年一月）で語った言葉である。私はこの言葉を読むまで葉山嘉樹という作者は、底辺小説などを真面目に書いている日本の文学者のなかでは好感が持てる作者であった。しかし、この文章で大変意外なこの作者の面を見てしまったような気がした。「鮮人」という言葉を言わないことは勿論のこと、「朝鮮人」という言葉すら使わないということは、ではどのような言葉を使ったらいるのか、と訊きたい。「万福追想」を読む前に、また他の葉山の作品を読む前にこの言葉だけを読んでいたら、葉山だけではなく、いや日本の近代文学全体を見直したかも知れない。しかし、「万福追想」を読んでいて、すでに朝鮮人も登場するし、他の作品でも読んでいる。確かに葉山がこの作品で朝鮮人を指す言葉は彼が言うように「朝鮮人」ではない。「朝鮮生まれの人」であった。

「朝鮮人」がいいか「朝鮮生まれの人」がいいか、についてはまたの機会にゆっくり追究することにして、結論だけ言うなら、「朝鮮人」という表現よりいい表現だったとは受け止められなかったということだけ言っておきたい。もう一言付け加えると、「朝鮮人」とはっきりと表現しないと、日本人で「朝鮮生まれ」の人との区別がつきにくい。

ここで問題にしたいのは、「「鮮人」とは云はなかった」と言う言葉である。『文藝戦線』一九二六年三月号に葉山の「それや何だ」という作品がある。木曽川の労働者たちの飯場の話や、労働者たちの搾取されていく仕組みなどについて語った作品である。この作品で葉山は自然に「鮮人」の言葉を使っている。日本人労働者と朝鮮人労働者を比較したりそれぞれの実態について語っているが、短い中に「鮮人」を何度も繰り返して使っている。それなのに一〇年くらい経った作品から自分は「鮮人」という言葉を使ってないだけではなく、「朝鮮人」という言葉すら使わないという。このことを、どのように受け止めればいいのか、大変荒唐無稽としかいいようがない。葉山は「それや何だ」だけではなく、作品構想のメモでも「鮮人」の言葉を普通に使っている。いずれにしても、葉山の意識の進歩として評価しておきたいものである。

葉山に限らず、『文藝戦線』で問題にしたいのは、多くの作品が「鮮人」と使っていることである。中西伊之助も『赭土に芽ぐむもの』で「鮮人」「土人」と使っている。朝鮮人の悲惨な現状や、実態などを朝鮮人側にたって描くはずのプロレタリア文学者たちが、その差別や、虐殺を伝えながら、「鮮人」という表現乃至「ヨボ」「土人」などで表現する。自然に使うこれらの表現の仕方から、果たして朝鮮人の解放や階級闘争はありうるのか、と憂慮せずにはいられない。

里村欣三の「富川町から(立ン坊物語)」(一)(二)では、「虐げられた者同士の心から、あらゆる障害を取り除くのである。」「そこにはもうヨボも琉球もチャンコロもない。」とある。ここでの「ヨボ」という表現は、里村自身の表現ではないにしても、「ヨボ、支那人と云った種類の人種はまるで豚の臓腑でも持っているらしい。ゴミゴミしたヘドのやうなものを喰って、副食に澤庵の尻尾位ひ噛んで意気楊々と仕事にでられるのだから堪ったもんではない。」とある内容はどうだろうか。このような内容をどのような気持ちで書いたのかがまず知りたい。「ゴミゴミしたヘドのやうなものを喰って、副食に澤庵の尻尾位ひ噛んで意気楊々と仕事にでられる」のが、「ヨボ、支那人」が「豚の臓腑」をもっているのではない。この作品で本人が語っているように、日本の最下層の「立ン坊」と言われる人たちよりも、もっと低い賃金をもらっているから、当然そのようなものしか食べられないのである。なぜ里村はこれほどの悲惨な話がこれほどまでに陽気に描けられるのであろうか。無神経な人なのか、それとも本人がそのような体験をしてきているので、その悲惨の程度が見分けられないのか、と問い正してみたくなる作品である。

駒尺喜美は「漱石の朝鮮観」(『歴史公論』一九八九年四月)で「漱石が「チャン」とか「露助」という言葉を、不用意に使っていることは事実である。」としたうえで、「わたしたちがもし、明治の時代に生きていたならば、はたしてどうだっただろうか、ということである。もう一つには、一人の人間の思想を見るには、こまかな断片ではなく、全体の文脈で考えなければならない」「言葉そのものにこだわるのではなく、原理的にどのような立場に立っていたかということ、そしてそれが、一つの思想的体系となりえていたかどうか、あるいは体系とまではいかなくとも、どのような文脈をなしていたか、それを考えてみたい」とある。それで漱石は朝鮮侵略のことに関しても「やはり〈侵略〉の深い意味を知っていたというよりも、誠実な知識人的なあるいは生活人の視点から、まっとうに考えていたのだと思われる」と述べている。

「わたしたちがもし、明治時代に生きていたならば」とかいうことまでいう必要はないし、「誠実な知識人的な」視点や「生活人」の視点というのはどのような視点なのか。「チャン」とか「露助」も差別意識があって使ったのではないとしているが、それだけでいいのがれることができようか。この問題は他の論も多数あるので、ここではこれ以上の言及は避けたい。

　これらの問題も今後の課題として、総合的に取り上げたいと思うのである。

Ⅲ、結論とこれからの課題

『文藝戦線』で、これだけの朝鮮・朝鮮人のことが描かれた。それまでに、ほとんど問題にしなかった朝鮮のことである。これまであげた作品それぞれの内容は、朝鮮の人々が朝鮮を追われ彷徨う姿や、朝鮮を逐われて満州や日本で貧困であえぐありさまや、差別、迫害、虐殺される朝鮮の人々の姿である。しかし、プロレタリア文学が差別され、迫害を受け、虐殺されていく朝鮮の人々を描き、その運動を通して、差別・迫害・虐殺が当然で当たり前の朝鮮の人々の位置や地位を「同志・兄弟」にしてくれたことで、日本人と同じ普通の人間にして、ある程度同等にしてくれたことには、それなりの大きな意味があったと思う。気持ち的にしても、しかし、朝鮮の人々を朝鮮から追い出したのは誰なのか。差別・迫害・虐殺したのは誰なのか、についても明確に認識はしていたのかが問題である。それは日本人自身であることをどれだけ自覚しているのか。「同志・兄弟」の言葉に偽善はないのか。そのことばで朝鮮の人々を解放したと大変大きな勘違いはしてないのか。朝鮮が置かれた状況の責任をブルジョア階級や天皇制にゆだねてしまってはいないか。これらの疑問からどうしても拭いきれない。

　プロレタリア文学者の中でも、「『文藝戦線』の作家は下層の人びとのなかに現れている現実を一生懸命見てそれを描こうとすることで、自分をつくり変えていこうとした。（省略）日本の植民地や権益地の人たちを日本の現実と突き合わせて描くことを意識していた」（『社会文学』二〇〇四年六月「『文藝戦線』創刊80周年」座談会）と評している。

　ここで言う、現実を一生懸命に描いたことは認めるし、植民地の人たちを日本の現実と突き合わせて描くことを意識したことも認める。しかし、日本のプロレタリア文学は、単に文学行為だけではなかったのである。青野季吉は「文藝は一つの闘争の武器である」と言っている（『文藝戦線』一九二九年九月）。文学者は文学作品を通して戦うということである。すると、意識して描くだけでは済まさないのではないだろうか。もっと追求していいのではないだろうか、ということである。

　また、朝鮮人の階級闘争は日本人の運動に「労働者には国籍がない」「インターナショナルだ」というスローガンで協力させなければならないことであろうか。朝鮮の人々を説得するときよく言われる「インターナショナル」は、どのような意味を成すのかがよく理解できない。また、朝鮮人にとってどのような意味を持つのかもだ。果たして「インターナショナル」は、朝鮮人が協力しなければならない内容なのか。ロシアや欧米を意識したものではないのか、の疑問を解きたい。

　朝鮮人は日本人によって国を奪われた。朝鮮人の現状はそこから出発しているのである。朝鮮の人々は日本の奴隷に近い存在とされている。あらゆる労働現場での朝鮮人に関する作品の内容からもわかるように、まず朝鮮人は賃金面で日本人と明確に差をおいている。日本人の底賃金よりももっと低いとある。また、労働条件も確実に違う。いくつの作品からも朝鮮人労働者は、日本人の労働者と住居・食事などを別にしている。それと、危険なあらゆる現場には朝鮮人が優先的に回される。そのように描かれた作品からも、朝鮮人の低賃金にもかかわらず危険な仕事で命を簡単に失っても、朝鮮人だから当たり前の認識があるということである。朝鮮人は日本人より下層階級であり、奴隷にほとんど近い存在である、という認識をもって描いているのも少なくはない。

　これらの作品内容からわかるように、日本人の下層階級よりも低い地位、生活をしていたのが朝鮮人であり、そのような生活が朝鮮人の普通の人々の生活であったはずである。『文藝戦線』によって朝鮮の人々の生活ぶりや状況が徐々に明かされていたことも事実であろう。これらの悲惨な現実からの開放を求めて朝鮮の人々が日本人と協力し同参していくことになったのであろう。

　金炳昊の「おりや朝鮮人だ」（一九二九年『プロレタリア詩集』）に、「日本人は俺達の敵ぢゃ　しかし全日本の無産者はおれらの味方ぢゃ　おれらをいつくしみ助けてくれるのも全日本プロレタリアぢゃ　君等の思つてゐることを我等も思つてゐるし　君等のなさんとすることをわし等もなし通すであらう！　同志たち手を握ってくれ　そして一仕事しつかり頼むぜ！」と、歌っている。この内容から朝鮮人作家たちが、朝鮮のプロレタリアートが日本のプロレタリアートに何を望んでいたかが明確である。日本のプロレタリア文学者たちが同志であり、日本のプロレタリア文学者たちが同じ問題に取り組んでくれる希望の手であったはずだ。

　文学運動は、日本人の様々な階級運動の模様などが描いていく。それでは朝鮮・朝鮮人の階級運動はどのように描かれていくのか。日本の「インターナショナル」は何を目指したのか。多くの朝鮮人が信じて命をかけた「インターナショナル」は、朝鮮人を裏切らなかったのかなどについて探りながら、これ以降、成熟していく日本のプロレタリア文学運動の全体を通して、朝鮮と朝鮮人を読んでいきたいと思うのである。

〈参考文献〉
山田清三郎『プロレタリア文学史』理論社（一九五四年九月）

日本における「ユダヤ人」とは
――ロシア革命観と「ユダヤ人」

新井晶子

1　はじめに

「ユダヤ人問題」と言うとまず、ヨーロッパにおける反ユダヤ主義、とりわけ一九三三年一月三〇日に誕生したドイツのナチス政権による「ユダヤ人一掃」を目標とする政策、そこで実行される「最終的解決」＝ユダヤ人の殲滅であるホロコーストが、思い浮かべられるだろう。本稿は表題の通り、日本において「ユダヤ人」または「ユダヤ人問題」への関心がどのように現れたのかを検討するものである。

日本において「ユダヤ人」、「ユダヤ人問題」への関心が高まった時期がある。宮澤正典が作成した文献目録[1]からは、一九一〇年代後半から、大日本帝国が「大東亜戦争」へと突入し、「敗戦」に至るまでにかけての時期、「ユダヤ人」に言及する文章が異様なまでに書かれていることが見て取れる。

一八七七（明治一〇）年、「ユダヤ人の金貸し」シャイロックで有名なシェークスピアの『ヴェニスの商人』の翻訳がさかんに行われ、一九二〇（大正九）年までは毎年二から三点程度「ユダヤ人」についての言及がある著作が出されている。既にこれまでに研究の対象として注目されてきたのは、徳富健次郎（筆名：徳富蘆花）（一八六八〜一九二七）、内村鑑三（一八六一〜一九三〇）、矢内原忠雄（一八九三〜一九六一）である。先行研究では、日本におけるキリスト教徒の聖地パレスティナへの関心とパレスティナへ「帰還」し国家建設を目指すシオニズム運動を日本の知識人がどのように肯定したのかという観点が提示され、日本的キリスト教徒の関心と植民地主義の融合が問題にされている。[2]一八九八（明治三一）年に徳富蘆花が『外交奇譚』（民友社）、一九〇六

(明治三九)年に徳富蘆花『巡礼紀行』(警醒社)、一九一八(大正七)年の内村鑑三『基督再臨問題講演集』(岩波書店)、一九二二(大正一一)年に矢内原忠雄が「パレスチナ旅行記」『霊交』(第一一~一二号)、一九二三年には「シオン運動(ユダヤ民族郷土建設運動)に就て」『経済学論集』(第二巻第二号)を発表している。キリスト教的な関心に基づかないものでは、一九一一(明治四四)年に福本日南《ふくもとにちなん》[3]「ドレフュス事件――巴里で見た当時の光景」『新潮』(一一月号)、東京朝日記者で「古くからのロシア通」であった大庭柯公《おおばかこう》[4]がシベリア出兵前の革命直後のことを書いた『露西亜に遊びて』(大阪屋号書店)が一九一七年に、[5]同年には芥川龍之介(一八九二~一九二七)の「さまよえる猶太人」『新潮』(六月号)もある。先行研究では、「ユダヤ人」に言及した人物として、「アジア解放」を目指した「アジア主義者」の満川亀太郎(一八八八~一九三六)、大川周明(一八八六~一九五七)も注目されている。満川亀太郎は、一九一九(大正八)年に「猶太民族運動の成功」、一九二〇(大正九)年に「青年日本の焦点的思想」を世に出している。前者では「ユダヤ人」の歴史記述とシオニズム運動への関心が述べられている。大川周明には一九一九(大正八)年、二〇(大正九)年にシオニズムを論じた「猶太民族故国復興運動(上)(下)」がある。先行研究において、この論文が、大川の出世作である『復興亜細亜の諸問題』(一九二二年、大鐙閣 菊版)には収録されているものの、一九三九(昭和一四)年に明治書院から再販された際には削除されていることが注目されており、「アジア主義者」のシオニズムへの関心が現れるものとして重要であると指摘されている。[6]一九二一(大正一〇)年には北満州特務機関編『猶太研究』北満州特務機関(大連市)が発行されており、徳富蘆花「日本から日本へ・東の巻」(金尾文淵堂)などもある。一九二三(大正一二)年には、日本において「ユダヤ人」の陰謀を唱える「猶太禍」論が登場し始める。それ以降、日本国内において「猶太禍」が声高に叫ばれるようになっていく。一九二三(大正一二)年に発行されたものは、北上梅石(本名:樋口艶之介)『猶太禍』(内外書房)、藤原信孝(本名:四王天延孝)『不安定なる社会層と猶太問題〈現実叢書第一輯〉』(東光会)、『労働争議と猶太問題』(財団法人自慶会研究会)、フリッツ・カーン『人種及文明国人としての猶太人〈猶太研究叢書第一巻〉』内藤順太郎訳(東亜社)、ウィヒテル『フリーメーソンと世界革命〈猶太研究叢書第二巻〉』内藤順太郎訳(東亜社)などである。しかし、既に一九二一(大正一〇)年には「猶太禍」論への批判として、吉野作造(一八七八~一九三三)が「猶太人の世界顛覆の陰謀について」『中央公論』(五月号)、「所謂世界的秘密結社の正体」『中央公論』(六月号)に執筆している。

雑誌『改造』（五月号）では、『猶太人研究』という表題で「ユダヤ教」に関する研究及び「猶太禍」論への批判が、渡邊善太（一八八五〜一九七八）[7]「猶太古典に表れたるユートピア」、吉田絃二郎（一八八六〜一九五六）[8]「懊惱と革命のユダヤ文學」、石橋智信（一八八六〜一九四七）[9]「舊約宗教と社會主義」、新居格（一八八八〜一九五一）[10]「近代資本主義と猶太人」、厨川白村（一八八〇〜一九二三）「何故の侮辱ぞや」[11]といったものが執筆されている。

宮澤によって明らかにされた、この「ユダヤ人」への関心の高揚はいったい何か。なぜ日本で、「ユダヤ人」について言及され始められなくてはならなかったのだろうか。本稿は、「ユダヤ人問題とは何か」、「ユダヤ人とは何か」という問いに答えるのではなく、「ユダヤ人とは何か」、「ユダヤ人問題とは何か」ということがなぜ日本において問われなければならなかったのか、ということを考察するために、この時期書かれたものから、「ユダヤ人」がどのような文脈で語られたのか、あるいは私—たち—にとっていかなる意味をもつものであったのか、ということを明らかにしていくことを目的とする。

私たちの多くにとって「ユダヤ人」とは身近な存在であるとは言い難い。日々出会う存在ではない。「ユダヤ人」が「不在」である日本において、「不在」であるにもかかわらずなぜ問題にされなくてはならなかったのか。

2 「猶太禍」論登場の経緯

以前より「満洲」の権益を巡り、日本と緊張関係にあったロシアにおいて、一九一七（大正六）年革命が起きる。帝政ロシアが崩壊、ボルシェヴィキ政権が誕生する。

> 我が國に於けるユダヤ禍説がシベリア土産として輸入されたものだけに、ユダヤ禍論者の最も力説せる點は、ロシア革命をユダヤ人がやつたといふことである。[12] 12
>
> 十年前のシベリア出兵は、日本人の脳裡に二個の新しい異民族の名を齎《もた》らした。一はチエック・スロヴァク、他の一はユダヤ人。然るに政府のシベリア出兵宣言（大正七年八月二日）を讀むと、チエックの建國運動を助けんがために出兵するとあつた。そこで初めてそんな名の民族がゐたことが判つたが、それにしても何故我が國が軍隊まで出してその建國運動を助けなければならぬかの理由が分からなかった。何となればチエックは彼等の故郷たるオーストリー内に獨立せんとするのであつて、シベリアに建國せんとするものはなかつたからである。
>
> その後シベリア出兵の目的が、『シベリアの治安維持』

とか、『過激派討伐』とか、猫の眼の如く變つて行き、結局『チエック援助』の目標は消失してしまつた。…（中略）…

これに反しユダヤ人の名は、特殊の意味を以てシベリア方面より輸入された。それはユダヤ人がマツソン(13)なる秘密結社を組織して世界破壊の陰謀を企て、その恐るべき魔手が我が金甌無缺《きんおうむけつ》の帝國の上にも及んでゐるといふ説であつて、マツソンなる發音に『魔孫』なる漢字を充てはめることさへ流行した。元来我が國民はユダヤ人なる名を知らぬ譯でなかつたが、そんなに恐るべき陰謀民族であるとは大正八年頃まで全く知らなかつたのである。然るにその時分から間斷なく『猶太禍』であるとか、『猶太民族の世界的陰謀』であるとかいつた類似の書物が多數刊行せらるゝと共に、特にこの問題を限つて講演行脚する人も現はれ出で、過去十年間にユダヤ人は陰謀民族であるといふ觀念が殆ど全國の津ゝ浦々にまで普及してしまつた。(14)

日本にユダヤ禍の宣傳せられてからは未だ十年にしかならぬが、それでも大抵の地方に行き亘った。筆者が地方に出かける毎にユダヤ禍に關する質問を受けぬことはないほどである。(15)

シベリア出兵は、ロシアの革命を列強各国がどのように干渉するのか、その中で日本は出兵するべきか否かという議論が立ち上がり、最終的にアメリカとの「共同出兵」というかたちで、ボルシェヴィキ軍と衝突し始めたチェコスロバキア軍の「救済」という名目でおこなわれた。実際の日本の狙いは、北満洲の支配権の獲得であったということは現在明らかにされていることである。上記の引用はアジア主義者と称される「亜細亜解放」、「人種平等」を目指した満川亀太郎が「猶太禍」論を批判することを目的として執筆した『ユダヤ禍の迷妄』（平凡社、一九二九年）からのものである。ここで満川によって批判されている「ユダヤ禍説」とは、ロシアで起きた革命が「ユダヤ人」の手によるものであることを説くものである。当時、満川にとって「ユダヤ禍説」の蔓延は見逃すことのできない問題であり、満川は陰謀論を生涯に渡り批判し続け、「ユダヤ人」の境遇、それをめぐる言論の状況に注意を向け続けていた(16)。満川が記した文章からも分かるように、シベリア出兵以降、日本国内において「ユダヤ人」が世界転覆を企てている、ロシア革命はユダヤ人によるものだ、という「猶太禍」論が唱えられるようになる。それは、シベリアに滞在した経験のある人物たちにより、出版物が発行されるとともに叫ばれていた。

一九一九（大正八）年に、ロシア語の通訳としてシベリア出兵に従軍していた樋口艶之介（筆名：北上梅石）（一八七〇〜一九三〇）[17]により「ユダヤ陰謀論」として世界中で読まれていた『シオン賢者の議定書』（以下、『議定書』）が一部翻訳紹介された。一九二四（大正一三）年には『議定書』の完訳をシベリアに赴任した経験を持つ陸軍所属の安江仙弘（筆名：包荒子）（一八八八〜一九五〇）が行い、『世界革命之裏面』を二酉社内二酉名著刊行会から出している。この書の序言は「猶太禍」論の筆頭だと言われる四王天延孝（筆名：藤原信孝）（一八七九〜一九六二）が執筆している。一九四三（昭和一八）年の四王天の著作『猶太思想乃運動』[18]には『議定書』の全文訳が巻末付録として所収されている。以上のように、先行研究において一九二〇年代初頭に『議定書』の内容を流布する「猶太禍」論が唱えられ始めたことが明らかにされている。「猶太禍」論の内実については、本稿の3節において検討していく。

満川著の『ユダヤ禍の迷妄』の序文において、この書の出版元である平凡社設立者の下中弥三郎（一八七八〜一九六一）は、満川が「昨年來、地方講演の度毎に、正直な地方人士から」、「猶太人の世界轉覆の大陰謀が、あのロシア革命の原動力なんださうですね」、「日本にも既に猶太禍が及びかけてゐるといふのは本當でせうか」、「普通選挙だのモダンガールだのマルクスボーイだのみな猶太禍の現われなんだそうですね」と尋ねらたことを知り、「この迷妄を打破しなければ日本は斷じて思想的に進歩しないと感じ」たために、『ユダヤ禍の迷妄』（平凡社、一九二九年）を出版するに至ったと述べている。下中自身も「同様の質問を地方の[19]教育者達から發せられて驚いてゐた一人であつた」という。

満川と下中は、直面する「ユダヤ人」への異様な危機感に対して違和感を持ち、一九二八（昭和三）年一一月七日東京にて「ユダヤ問題に関する『平凡』座談会」として「猶太禍[20]」論者との座談会をおこな[21]っている。出席者は、「信夫淳平、酒井勝軍、大竹博吉、[22]満川亀太郎、[23]樋口艶之助、大石隆基、下中弥三郎、志垣寛」である。満川はこの席において、『議定書』は偽書であること、ロシア革命が「ユダヤ人」の手によるものだとして「ユダヤ人」を恐れなくてもいいということを説くが、「猶太禍」論者の樋口は、「それを信じやうと、信じまいと各々の勝手であるが、近頃の世相はちやんと議定書にある通りになつている。政治上から言へば、第一普通選挙にすれば、自然人民に権利が生じ来るから、段々君主の主権が喪はれる。その次には、風俗の擾乱、左傾思想の宣伝、階級戦の惹起等が盛になつて居ります。公債を起すにしても、成るべく外債に依らせるから、ますます国の負債が増し困難が生じて来る。経済上に於ても政治上に於ても将た又社会上に於てもみんなこの書物にかいてあるやうな傾向になつています」[24]と、経済、政治、社会的な動きが、『議定書』の「預言」通りになってきていることを主張している。

満川が確認するように、「ユダヤ人」という存在が、危険な姿で日本社会の中に現れ始めたのは、シベリア出兵以降のことであり、まずそれはロシア革命観のなかに現われ、一〇年の間に、民衆の声のなかにはっきりと「ユダヤ人」の姿が現れてくる。

当時民本主義者として著名であった吉野作造（一八七八～一九三三）も「猶太禍」論への批判を試みた一人である。現実にどのような場面で「ユダヤ人」という声が聞こえてきたのかが伺える。

此頃よく猶太人の世界顚覆の陰謀と云ふ風説を耳にする。注意して見て居ると、新聞や雑誌にもチヨイチヨイ出るが、相当有力な人から口づから之を聞く。四月中旬の「時事新報」にも數日に亙って之に關する記事が出てゐたし、三月十五日發行の「外交時報」にも東京帝国大学助教授今井時郎氏の之に關する長文の記事が載って居つた。して見ると相當有力な階級の間にも問題にされて居ると思ふのであるが、予輩の観る所によれば之は實に飛んでもない大間違である。此等の人々の議論の種本は『シオン長老の決議』と題する書物で、英獨佛に一時問題になつたのであるが、それが荒唐無稽の作物であると云ふ事は何人も疑わない。之が此頃三三の人の手を通して日本の讀書界にも紹介されて居るのであるが、之より先き、一兩年前西伯利出征軍関係の或る方面から秘密出版物として日本の要路に流布されたので、今や可なり廣く行き亘ることになつたのである。兎角世間の人は讀まずに噂のみを信ずるので其所謂荒唐無稽なる所以は氣附かれずして世界に流布するに至つた。…（中略）…尤も西洋に於てなら斯う云ふ誤解の流布さるゝについても多少の理由はあるが[25]、日本は全然其の理由を缺くにも拘らず、爲めにする所あるものから散々悪用されて居るのだから堪らない。

以上は、一九二一（大正一〇）年発行の『中央公論』五月号に掲載されたものである。一九二一年の時点で既に新聞上にも「猶太禍」論が現れていたこと、口伝に「噂」として囁かれていたことが伺える。吉野も述べるように、西洋においてではなく、日本において「ユダヤ人」が危険視されるのはなぜなのか。翌月の『中央公論』六月号にて、吉野は「所謂世界的秘密結社の正体」を載せる。ここで、吉野は「世界的秘密結社」である「フリーメーソン」は「ユダヤ人」に支配されているのではないと、「猶太禍」論者を批判する。「フリーメーソン」については肯定的に、「四海同胞」を精神にしており、「人類は凡て唯一人の神の子だ」、「神の建設せんとする精神的宇宙の一分子たる使命を果すには」、「道徳的修養を必要とする。而し吾々個人個人を神の目的に應ふ立派な建築材料」にするために「宗教が生まれ」、「宗教も人種もいろいろあるが、歸する所は唯一の神」なので、「一方には人種、宗教の争を緩和すると共に」、「平和的國際運動の言動力ともなつて居る」。「時として國境を無視し、反國家的なコスモポリタニズムに堕する事はある」が、「今日殆ど凡ての國際的運動は悉く此フリー・メーソンリーに關係ありと云つても敢て誣言ではな」く、「有名な世界の宗教家政治家學者文人」が参加していると説明(26)し、「立派な團體と云はなければならない」と評価している。更に、「猶太禍」論がどのように利用されているのかを吉野は指摘(27)している。「我國の頑迷者流の間」で「斯ういうものを利用して新思想壓迫の用に供しようと云ふ人々の浅果敢さ」、これが「單に猶太人の迷惑丈けで済むならまだい丶が、我々は斯くの如き笑ふべき手段によつて、新思想對抗運動を構ぜんとするのが、今尚有力なる人々の間にあるのを観て、之によつて、假令一時でも文化の開發が如何に妨げらる丶かを思ひ」、と「新思想」に対して(28)「ユダヤ人」のイメージがが利用されているのだと述べている。また、この吉野の論考においては、「ユダヤ人」の姿が浮かび上がってくる場面が更に具体的に示されている。

　今年春東宮殿下外遊の御内儀が発表された際、一部真面目な人々の間に、之をお留め申さうと云う運動が猛烈に行はれた事は、今尚我々の記憶に鮮かである。中にも浪人會の如きは其中堅となつて堂々と活動して居つた。國民の大多數が急に御外遊と御決定遊ばされた理由の如何に拘らず、等しく之れを誠に喜ばしい事と考へて居つたのに、何故に此等に人々のみが斯くまで反對の見解を固執せられたのであろうか。それには天皇陛下の御不例と云ふ事や、不逞鮮人の跳染《ママ》と云ふやうな事も數へられて居つたが、之と相並んで矢張り重大な原因の丶つとして猶太人の陰謀と云ふ事の擧げられて居つた事は、特に我々の注目を惹いたのであつた。現に東宮殿下御出發後に於いて、浪人會が発表した疎明書の中には、『世界に瀰蔓せる猶太人の陰謀が根底深く且つ辛辣を極め居り』云々の文字がある。そこで問題となるのは、猶太人と云ふものは、一般に今日右のやうな怖る(29)べき陰謀を本当に企てて居るのであらうかと云ふ事である。

「ユダヤ人」の陰謀とその脅威を叫ぶ声が、「東宮殿下」（後に昭和天皇）の外遊に際して現われていたということがここに記されている。吉野が述べるようにこの「ユダヤ人」の陰謀などというのは容易に間違いであると気付くようなものであり、空論であるとすぐにでも退けられるようなものである。「猶太人と云ふものは、一般に今日右のやうな怖るべき陰謀を本当に企てて居るのであらうか」と問いたくもなる。しかし、ここに記されている場面からも分かるように、「ユダヤ人」の脅威は人びとにとって空論ではないのだ。吉野の論考の不徹底さをここで批判するのではないが、当時において人々が「ユダヤ人」をなぜ脅威と見做すのかということの根本的な理由がこの場面において明確に現われているのではないだろうか。「不逞鮮人」とともに「ユダヤ人」が危険視されるとき、「ユダヤ人」のみが危険ではないと吉野が言うのはなぜか。ということと同時に、ここで更に問う必要があるのは、人々が「東宮殿下」の心配をするのはなぜかということである。その心配の声のなかに「ユダヤ人」は危険な姿で浮かび上がってきているのだ。

では、「猶太禍」論はなぜ民衆の声のなかに現われうるのか。シベリア出兵という出来事がひとつの契機であるとすれば、なぜそれ以降日本で脅威として「ユダヤ人」という言葉が人びとの世界観のなかに受け入れられていくのか。日本で「ユダヤ人」という言葉がどのような社会的・現実的な意味をもつのか、響き渡っていくのかということを次に検討していく。

3 「猶太禍」論

まず「猶太禍」論者がどのような人物であったのかを確認しておきたい。このことについても宮澤（一九七三、一九八二）の研究が詳しい。「猶太禍」[30]論者の代表的な人物としては、四王天延孝《しおうでんのぶたか》（筆名：藤原信孝）、樋口艶之助《ひぐちつやのすけ》（筆名：北上梅石）[31]、安江仙弘《やすえのりひろ》（筆名：包荒子）、酒井勝軍《さかいかついさ》（一八七四〜一九四〇）[32]、犬塚惟重《いぬづかこれしげ》（筆名：宇都宮希洋）（一八九〇〜一九六五）が挙げられる。

ここでは、樋口艶之助《ひぐちつやのすけ》（筆名：北上梅石）と四王天延孝《しおうでんのぶたか》（筆名：藤原信孝）とを取り上げ、彼らが「猶太禍」論を唱えた動機を考察していく。先述した通り『議定書』を最初に翻訳した樋口艶之助（筆名：北上梅石）（一八七〇〜一九三〇）は、神田駿河台のニコライ神学校の卒業生であり、ペテルブルグ神学大学に留学、ロシア神学士となり、帰国後陸軍諸学校のロシア語教授に就く[33]。シベリア出兵には、出兵当初から三年三ヶ月間従軍している。一九二三年に『猶太禍』

（内外書房）を出版している。満川亀太郎は当時「一冊の著書として刊行されたのは恐らくこの書が最初であらう[34]」と指摘している。樋口の著作には、一九二四年に筆名の北上梅石で『何故の露国承認ぞ』（内外書房）、一九二六年に『猶太政権治下に懊悩する露国民――ウエウラデーミロフ、北上梅石訳「新猶太国」――』美嚢郡連合青年団（兵庫県）がある。『猶太禍』（内外書房、一九二三年）は、一九二一（大正一〇）年一二月に貴族院某団体での講演「裏面より見たる西伯利事情」と一九二二年一〇月の有終会「露國革命と我思想界」が収められたものである。[35]「裏面より見たる西伯利事情」という講演において、樋口本人が語るところに拠ると、樋口はロシアで中学、大学とをでており、約四〇年間ロシアについて研究し、通算一〇年間ロシアで生活していたという。語学教師を約三〇年間務めていたが、「大正七年八月我國が西伯利に出兵するといふ時に當りまして一番最初に軍と共に出發し三週間前に歸つたばかりであり」、この講演で初めてロシアのことを語ると樋口は述べる。樋口はなぜシベリアの現状とともに「ユダヤ人」について話し始めたのか。樋口はシベリアでの経験が日本の対ロシア政策、対シベリア政策にとって「貢獻する所があるならば誠に仕合せであると考へ」、自らの観察によるシベリアの状況を詳細に報告している。筆者の能力不足ゆえに、本稿では樋口が報告するシベリアの情勢をひとつひとつ検討しきれないが、樋口はシベリアが日本の発展にとって有益である場所だと提案する。

西伯利を一種の植民地のやうに見倣し、前に申す通り日本の資本を卸し、窮して居る所の露西亞人に賃金を與へ之れに依って購買力を養ひ、然る後に品物を入れる段取りにならぬと思ひます。夫れが為には露西亞人を使用することも可なり日本の人夫を入れるならば尚更上乗であります。如何となれば一方日本國内に人口過剰を来しつゝあるのと、他方米國を始め南洋支那其他の地方にて排日熱盛にして日本人の發展を局限さるゝ關係上他に發展の道を求めねばならぬ。夫れには無人の境たる西伯利は日本民族發展の爲に恰好の天地ではありますまいか。[36]

「日本民族」の発展のためには、シベリアを植民地のように利用すること、それができるのは企業家であると樋口は述べる。この発展のための「利権」を得るためには、「如何なる政府から得るべきか、又如何なる政府により利権の實益を保護させせやうか」ということが重要になってくる。「極東」には、労農政府と「異體同心」である「極東共和國」と、「純露反過激政府」である「沿黑龍州政府、又は浦潮政府」がある。

そのどちらが「日本民族」の発展のためになるのか。樋口は、「ユダヤ人」の陰謀を唱えるのではなく、まず「日本民族」の発展を主張し、それを脅かすものとして「ユダヤ人」という民族を強調していく。

次に過激派とは如何なるものであるかを御話し度いと思ひますが、主義の詳細に就ては一朝一夕に話し盡せませんし、又其根源に就て豫備知識を持ちませぬと了解し解く、所謂虚無でありますから、茲には過激政府首脳の何者なるかを御紹介致したいと思ひます。

扨て労農政府の首脳は殆ど全部猶太人であつて國家心を失つた少數の露西亜人及び他民族が夫に加はつて居ますが…[37]

「過激派」と名指される労農ロシア政府は「ユダヤ人」によって構成されていることを証明するために労農ロシア政府がどのような「人種」によって構成されているのかを列挙し、「ユダヤ人」が「破壊に努力して居る國家は帝國主義軍國主義の國家」であり、「吾日本帝國」も「ユダヤ人」の「世界を統一せんとの野望」の標的にされているのではないのか。これが樋口の最も恐れることである。その「ユダヤ人」の「世界統一」の方法とは、経済戦と思想戦であるという。

樋口は、一九二二年二月に「帝国議会」に政府が提出した「過激社会運動取締法案」をめぐる議論を踏まえて以下のように述べている。

次に猶太人の採れる思想戦とは新聞雑誌で議論を戦はすの謂ではありません。曩に列挙した如き危険思想を国民に注入することでありまして、其の目的は国家が自然に崩壊する様にするのであります。此の戦法は從來各國民が採り来つたものと全く趣を異にし、他國民を武力に依つて征服するのでなく、國民が自然に元氣を失ひ、國家が内部から瓦解する様に出来て居るのであります。[38]

其の他「自由」とか「平等」とかの観念の如きも亦普通人に取つては好餌であり、西洋人は此の毒に酔うて居ます。日本人も亦中毒した西洋人の眞似をして自由を叫んで居ます。

現に昨年の議會に危険思想取り締まり法案が提出された時に夫れが否決され嘲笑され、似而非學者や或る辯護士などが『同法案は憲法に依って保障された自由を束縛するから不可だ』と論じて居ます。實に滑稽であると同時に亡國的の論ではありますまいか。若し自由尊重を原則として思想を取締ってはならぬと云ふならば、言論を取締るのも不可であり、従つて行為を取締るのも不可になります。如何となれば是等は人の自由の意志の發言であるからであります。憲法の保障して居る自由とは危險思想を宣伝する自由をも含んで居るでありませうか、若し然りとせば憲法は亡國を保障することになります。而して若し『自由』が論者の解する如く夫れ程絶對的なものであり神聖なものであるならば、寧ろ吾國の刑法を全廃し、国民に勝手気儘の行動を許さなければなりますまい。右の法案が危険思想を取締る上に於て果たして完全なるや否や、右法案に依って危険思想を完全に防止し得るや否やは未知数でありますけれども、併し不完全なりとて之れを否定するのは愚の骨頂であります。如何となれば不完全ながらも危険思想は取締るべきものであるからであります。

樋口は「危険思想」を懸念し、その取締り・防止を訴え、憲法で保障されている思想の自由が亡国を保障するものだと主張している。樋口は、思想が人の心情に入り込んでいき、それによって秩序が乱れ、「帝国」を破壊していく様をシベリアにて目撃している。この亡国を保障する思想は「ユダヤ人」の思想戦によってもたらされたものであり、日本においても「『デモクラシイ』や、労働問題や、小作問題や、普通選挙や、女権問題」が「ユダヤ人」の思想戦である宣伝の現われであり、これらは国家を内部から崩壊させていくと樋口は訴える。「労農露国」を承認するか否かが政治的課題とされていた当時、一九二三年に後藤新平（一八七五～一九二九）がソビエト駐華全権代表大使ヨッフェを日本に招致する。この際に樋口は日本の「赤化」を問題にする。

次に四王天信孝（筆名：藤原信孝）[39]の「猶太禍」論を見ていく。四王天は反ユダヤ主義者の筆頭であると言われ、生涯にわたって「ユダヤ人陰謀」論にこだわり続けていた。一九二〇年代から日本の敗戦まで（それ以降も）「ユダヤ人による陰謀」を唱え続け、正当化し続けた。四王天を含めた「猶太禍」論者を批判し続けた満川亀太郎は、一九二九（昭和四）年の著作で「社会一般の者も著作を目にするに」、「国空界の最高権威」と四王天（藤原）は自称するが、「より多くユダヤ問題の権威者として認めている」、「眞の意味に於けるユダヤ問題の研究者」というよりは「ユダヤ禍問題の権威者と稱するほう妥当」[40]と揶揄しており、ここからは四王天の社会的な認知度が高いだろうことが伺える。

四王天は一八九八（明治三一）年一二月陸軍士官学校へ入学、九九年一一月に卒業。士官学校生のときに四王天政彬の養子になり、姓を四王天とする。その後、義和団の乱（北清事変）や日露戦争、第一次世界大戦時にはフランス軍の観戦武官としてフランスに「足掛け四年」[41]滞在している。フランス軍に従軍していた第一次世界大戦の最後の二年間フランスに於いて「ユダヤ問題」に関心を抱いたと本人は告白する。一九二〇年一月にシベリア派遣軍司令部付という職でシベリアへ出軍、一一月にはユダヤ人社会が形成されていたハルビンのハルビン特務機関[42]に赴任、そこで『猶太研究』（非売品）を書き上げ、二年後の一九二二年四月に満洲から戻り、それ以降陸軍に属しながら「ユダヤ人」の陰謀を主張し続けた人物である。

一九二〇年代に出版された四王天延孝の著作を挙げると、筆名の藤原信孝で一九二三年に『不安定なる社会相と猶太問題』（現実叢書第一輯、東光会）、一九二四年に『自由平等友愛と猶太問題』（内外書房）、『労働争議と猶太問題』（非売品）、一九二五年に『猶太民族の研究』（内外書房）、一九二九年『国際共産党の話』（内外書房）を、四王天延孝で一九二八（昭和三）年に『第三インターナショナルに就て』（新国民協会）などを出版している。一九二〇年代の著作のなかから『猶太民族の研究』（一九二五年）を詳しくみていくことにする。これは、群馬県で「大和民族の使命」についてという趣旨の講演をした翌年に再び同地において「猶太民族を中心とする講演」と称して四王天が話したものである。四王天が「問題」にしていることは以下のようなことである。

先帝陛下の御製を拝しては、まだまだ努力の足りないことを痛感した、好きな玉突屋の脇を通ると書間からコツンコツンといふ玉の音を聞いて、嗚呼世の中は此くも天下泰平なるのに自分獨り齷齪《あくせく》して天下を憂ふるのは自分の迷想か、邪見かと思ふ事もあつたが、イヤイヤ左に非ず、晴天無風の低気圧の襲来を予想して、風雨強かるべしの警報を出しても一般の人は信じない、霹靂一聲来ないと安心して居るのと同じである、困ったものだと考へた。…………大学教授の共産党組織！大震災火災！無産主義者の庇護！其の殺害！大詔降下！があつたが、また善く醒めなかつた。終に虎ノ門事件を発生するに至つて一般は驚駭した、伴し政府大官や教育会長など云ふ有識者が、更に催眠術をかけて曰く、諸君安ぜよ、之は普選の遅れた為なり、曰く之は突発的なり。[43]

冒頭部分では、かれが述べるところの「猶太問題」のことについては話さず、日本の「現代思想混乱の眞因」を四王天は問題にしている。

先づ現代思想混乱の真因と云ふことに付て申上げますが

其総論として思想が如何に混乱して居るかと云ふことに付て申上げたいと思ひます。[44]

四王天の認識する「思想混乱」とはどのような問題であるのか。

私が申上げる迄もなく世界の状態は、或は民族主義を唱え、國民主義に逆轉をして来つゝあるかと思ふと、一方には第一インターナショナルが出來、第二インターナショナルが勞資協調に傾いたと云ふので第三インターナショナルが出來、これが過激過ぎると云ふので第二半インターナショナルが出來、更に之に満足せずして獨逸国には第四インターナショナルが出来ました、而して一方には国境撤廃に進んで行き、民族平等に進んで行くことも一つの矛盾でありますれば、或は又自由競争主義、即ち資本主義が吾々人間の本能を満足せしむべきものであると主張して居る一方には平等主義、社会主義、共産主義でなければ人類の幸福を齎すことは出来ないと云ふので、せつせつと其方に進んで居ると云ふような事柄もある、自然陶汰して優良なる民族のみ残り、優良なる人間のみ残って行くやうにするのが人類の幸福を本当に齎す所以であると考へる所の優生学的の思想もあれば、一方には之に対抗して多数のものの幸福を謀るのが本統である、如何なる者も悉く平等に幸福を享けていかなければいかぬと云ふ論もあります、此世の中と云ふものは是等の思想が混沌として渦を巻いて居るやうな状態と見受けられます、斯の如き混乱が何から来るかと云ふ原因に付きましては、人に依り立場に依つて色々観測の仕方があります、[45]…

四王天はおそらく「幸福」について考えるために、「現代思想の混乱」を問題にする。その解決策としての「思想善導」について以下のように述べている。

昨日早稲田大学の鹽澤博士の思想問題に関する論を拝見致しましたが、経済学者たる鹽澤博士が仰しやるのに、経済問題ばかりで此思想問題の解決が出来るものでないと云ふことを論断して居られまして、私も實に会心の満足を得た訳であるのであります、實際経済問題が思想混乱の原因をなして居ると云ふことは明らかであらうと思ひます、併ながらそれを解決したならば思想の問題が綺麗に晴れて仕舞ふかと云ふのに、決してさう云ふ訳ではないと思ひます。[46]

私は此限りある物質を以て限りなき人間の欲望を満して行かうとするが為には、どうしても人生観が皆の人にしつかりと一定するやうになりませぬ中には、駄目であると考へる、如何に皆がパンを持ち、皆が銭を持つやうになつた所で、それは一時の現象であつて、またまた断ちに思想の大混乱を生ずることは疑ひないと確信を致すのであります、然らば帰着するのは物質のみでは解決出来ない、経済問題のみで解決出来ない、唯物論を以て解決は出来ないと云ふことになつて来るのであります。[47]

四王天は、「思想混乱」を問題とし、これを「経済問題」のみ、「唯物論」では解決できないと述べている。四王天は、日本国内の「思想の混乱」の解決策は「人生観の一定」だとする。その「解決」のために「猶太問題」を知る必要があると訴える。「唯物論を提唱して之に依って萬事を解決しやうとする所の猶太民族の問題」と、理解に苦しむことを述べているが、「唯物論」による「思想問題の解決」は「猶太民族」が担っており、それこそ「問題」だということだ。[48]「唯物論」と「ユダヤ人」が結びつくのは「ロシア革命」を起したのは「ユダヤ人」だという認識があるからであり、共産党の思想を「ユダヤ人民族の一員のカール・マルクス」が唱えたとみなしているからである。

「猶太禍」論者が「ユダヤ人」と結びつけるのは「秘密結社フリーメーソン」であるが、なぜ「フリーメーソン」と結びつくのだろうか。それは「ユダヤ人」が「自由・平等・友愛」の象徴として映るからである。四王天は以下のように述べている。

猶太民族が如何に結束が固く、しつかりした理想を把持して居ると申しましても奈何せん少數民族でございます、全世界に於て僅に千三百五十萬の人口を有つて居るのでありまして、世界の總人口に比べると百二十分の一にしかならないのでございますから、此民族が全然彼等のお經にある如く他民族を一段も二段も下に瞰下ろして、さうして彼等の理想たる、神に代わって世界の支配をすると云ふやうなことを實現しやうとしましても、他民族を向ふに廻はしては到底出来ない問題なのでございます、そこで彼等は斯の如き愚擧に出ることから、今日に至るまで著々として他民族を彼等の味方に引入れまして、即ち昨日朗讀致しましたイザヤ書六十章にある所の外國の若物《ママ》は爾等の爲に城壁を築き、他民族であつて彼等の理想に従つて運動して居る者が段々出來る譯なんでございます、…（中略）…、即ち彼は正義正道を標榜し、是より發足した所の自由、平等、友愛と云ふ三つの立派なモットーを振翳し、それに依つて他民族を段々引寄せまして、さうして形つくられて居る世界的秘密結社がフリーメーソンと云うものになるのであります。[49]

「ユダヤ人」が「自由・平等・友愛」という理想により「他民族」を惹き付けているのだと、四王天は述べる。さらに、「自由・平等・友愛」が「思想混乱」の原因のひとつであり、これを「無批判に我國が取入れ」ているとして批判していく。まず四王天は、「自由」についてては絶対の「自由」などない、「自由」には責任が伴うと述べる。自由は「家族主義の破壊」、「享楽の奨励」、「成金奨励」、「宗教の破壊」をもたらす。「平等」については、「相続権の撤廃」、「帝王政治の破壊」をもたらす。「友愛」については、「立派な事」としながらも、誤って利用されると、一方では「万国主義鼓舞」、「愛国心破壊」、他方では「共産主義の鼓舞」をもたらすと四王天は危惧する。つまり、日本の「社会問題」を「ユダヤ人」の思想的な影響によるものと見なすのである。例えば、「自由」については、恋愛と結びつけられ、国家の基礎となる家族を崩壊させるとする。[50]「然るに上流社會は勿論日本の一般社會は蜜の如き甘い享樂の宣傳に乗つて蜉蝣《かげろう》の如き生活を人生の目的とせんとしつゝあるのは嘆はしい次第であります[51]」と四王天は述べている。

思想により破壊をもたらす「ユダヤ人」について四王天は「民族」と「宗教」という点から以下のように言及する。

一定の土地に一定の生活を營んで居つたことの極めて少い民族でございます、此民族性は今日に至るまで潜在意識として立派に彼等に殘つて居るのでありまして、彼等は土地と云ふものに少しも固著《ママ》しない、今日彼等の國家主義の反對の國家否認と云ふのは是等の潜在意識が手傳つて居るのであります、…（中略）…、彼等は今の國家と云ふもに對する觀念が根本的に違つて居る、東洋方面に居る猶太人と亞米利加に渡つて居る猶太人と、是等が始終接躅をして居りまして、東洋に居つたのが身代を疊んで亞米利加に移住し、また亞米利加から歸つて來たと云ふやうな人間が幾らでも居る、…（中略）…二重國籍、米國にも國籍を取つて居る、さう云ふのが澤山あつて、過激派の取締を日本官憲[50]がやりましたけれども、二枚鑑札を持つて居つて英語も喋舌る、露西亞語も喋舌る、露西亞人として調べやうと思ふと、俺は亞米利加人だと云ふ、實に取締のしにくい人間は猶太人であります、…（略）…[52]

四王天は元来「ユダヤ民族」が土地に定着しないことを

挙げ、それが「ユダヤ人」の本質であるとする。潜在的に「国家」観が違っていることを問題にしている。また、「ユダヤ人」であるのかどうかを断定できないことも問題視する。しかし「ユダヤ人」の「宗教」については以下のように述べる。

猶太民族の中から若し宗教と云ふものを取つて仕舞つたならば殆どゼロでありまして、極めて詰らぬものだと思ふ、彼等が紀元百三十五年、即ち今より約千八百年も前に徹底的に祖國パレスタインを追出されて仕舞つて、而して今日民族的運動が盛んに行はれ、國際聯盟を動かし、或は各國政府を動かし、露西亞に君臨し、更に世界革命の火の手を揚げて行かうと云ふ状態になつたのは何の力であるかと云ふと宗教の力より外にはない、實に彼等は熱烈な宗教家であること云ふことを申上げることが出來る(53)

神は彼等を諸民族の中より選びて彼等の上に立たしめ給ふ。

と云ふやうに、何處迄も己れの民族は優良な民族である、人種平等なんと云ふことはあるべきものでない、日本人などは彼等は遥に眼下に見下して相手にすべく用意をして居る所のものであると云ふことを忘れてはならぬのであります(54)

「ユダヤ民族」には宗教の力があるからこそ、世界に影響を与え、「世界革命」を企てられるのだと述べられている。後者の引用では、「ユダヤ民族」を「自由・平等・友愛」を鼓舞するものとして批判していたのにもかかわらず、「人種平等」を認めない「選民」であり「優良な民族」であると「ユダヤ人」が主張しているために、日本にとって警戒すべきものだという。

私は猶太人の悪口ばかりを言はうとは思はない、彼等が宗教心に厚く、祖先を崇拝し、結束の固いことなどは吾々の範とするに足るものである、又頭腦が非常に緻密であつて學究的の素質あることに付ても吾々は模範とするに足ると思ふ…（略）…(55)

もう一つ猶太人に學ぶべきは世界的に新聞を見て居ることである、…（中略）…、同族が世界に分布されて自分の親戚が露西亞にも居る、亞米利加にも居ると云ふやうに、其關係が世界的である點もありますが世界の上に注意する、日本の相當の有識者は新聞の何處を見るかと云ふと三面を見てあとはバルカン問題、倫敦《ロンドン》会議がどうなつたと云ふ世界の大勢を見るよりも、國内の地方的実實に着眼する、…（中略）…。…猶太人が世界の体勢を見て居ると云ふことは感嘆すべき點だと思ひます。(56)

ここでは、四王天は、「ユダヤ人」の「模範」すべき点として、宗教による「結束の固さ」や、「世界の体勢」を意識していることを挙げ、そこに惹かれている。四王天は、否定すべき「ユダヤ人」の「性質」として「功利の思想」を挙げている。四王天は、「ユダヤ人」を危険視するとともに、そこから「民族」が世界で生き残る方法を学び取ろうとしているのだ。樋口艶之介や四王天延孝は、「日本民族」「国民」が世界で勝ち残るために、「ユダヤ人」の世界支配を脅威と見なし、その戦術を明らかにするとともに、それを模範にしつつ「日本民族」がその地位につくことを望んでいるのだ。実際に日本国内で響きえたのは、「国体」を破壊する「ユダヤ」、すなわち「自由・平等・友愛」を鼓舞する思想、「共産主義」、「國際主義」を連想させる「ユダヤ人」であり、それは「外」からの脅威を意識させる「内側」の脅威でもある。

「猶太禍」論がシベリア出兵従軍者によって日本で唱えられ始めたのは一九二三（大正一二）年ではあるが、それより以前の一九一九（大正八）年一月三一日の東京朝日新聞の朝刊において、「▼過激思想浸潤▽無政府に等しき西伯利の現状」という記事が掲載されている。そこではシベリアの秩序が問題にされている。

また、一九二〇（大正九）年一〇月一〇日付けの東京朝日新聞の朝刊には、「注意すべき猶太人　邦人に過激思想の運動」という以下のような記事が見られる。

近来米國加州は勿論満州其他朝鮮方面に排日的気分が漲つてゐる最近猶太人某が邦人間に十数萬圓の運動費を使つて過激思想を盛に注入しつゝあるの噂が傳へられてゐるが其筋では極秘中に探査してゐる、右に就き警視廳當局の語る處に依ると『日本内地で猶太人の最も多く入り込んで居る處は神戸の二百餘名横濱に百數十名で東京には比較的少ないが支那上海あたりには八百から居る是来多くの猶太人は宗教界精神界經濟界に於ても非常な勢力を有つてゐる、彼の加州に於ける排日の主張者の多くは殆ど猶太系の人物で彼地に於ては勿論日本内地に於ても其の威を逞しうして居るから油断なく注意してゐる。』

おわりに

本稿では、「ユダヤ人」、特に「猶太禍」論がどのような経緯で日本社会に現れ始めたのか、なぜ、不在である「ユダヤ人」が日本社会で関心を持たれたのかということを確認した。ロシア革命において誕生した「勞農露西亞」は「過激派」と呼ばれ、「猶太禍」論者は、日本の利益のために重要であるシベリアにおいて秩序を乱す「過激派」、つまり共産主義者を帝国日本の「敵」と見做していく。その「敵」の名前は「ユダヤ人」とも変換される。この秩序観は、シベリア出兵以降日本社会で唱えられ始める。「猶太禍」論者の目には、ロシアと同じように日本社会の「内部」から「自由」「平等」を叫んでいる者たちがいる。「猶太禍」論者である樋口艶之介は、シベリアの状況に対して、「西伯利問題は物質的利害關係より打算せず専ら主義の上から國是の上からも決せられるべき問題であります」と述べており、主義・思想というものが世界を動かしていくことをシベリアの状況から得ている。この思想が国境を超えていくという動きは、「猶太禍」論者にとっては「ユダヤ人」によるものとして捉えられるのだ。同時に「猶太禍」論者にとって、世界を支配しようとする「民族」としての「ユダヤ人」は「日本民族」の参照、模範として眺められるべきものでもあり、だからこそ世界という舞台においては「外」に対する「敵」となる。このような秩序観、世界観が民衆にも受け入れられ、「ユダヤ人」と関連すると見做される思想・主義を持つものは、特に「過激派」「共産主義者」は、「外」から「内」に侵入しているものとして、日本の秩序を内側から乱そうとする脅威なのである。「ユダヤ人」という言葉は、日本社会の「秩序」を維持していくものとして、どのような人間が秩序を乱す存在なのかということをイメージする機能を果たしていたのだ。「猶太禍」論とは吉野作造の論考が具体的に示しているように、「ユダヤ人」を脅威とする天皇制日本の秩序とはいったいなにかということを語っているのだ。

註

（1）宮澤正典『ユダヤ人論考　日本における議論の追跡』新泉社、一九七三年。及び、『増補版　ユダヤ人論考　日本における議論の追跡　』一九八二年に詳しい。グッドマン・デヴィッド、宮澤正典〔共著〕『ユダヤ人陰謀説——日本の中の反ユダヤと親ユダヤ』、講談社、一九九九年もある。

（2）日本のキリスト教徒のシオニズム観についての論考は以下がある。Usuki, Akira. Jerusalem in the Mind of the Japanese : Two Japanese Christian Intellectuals on Ottoman and British Palestine. Annuals of Japan Association for Middle East Studies 19-2, Japan Association for Middle East Studies, 2004, 三五〜四七頁。大本達也「キリスト教徒としての矢内原忠雄の戦争観　—植民政策と再臨信仰—」、『日本語・日本文化研究』14、京都外国語大学留学生別科、二〇〇八年三月、二五〜三七頁、「内村鑑三とシオニズム——非戦主義と再臨信仰」『日本語・日本文化研究』15、

京都外国語大学留学生別科、二〇〇九年三月、六二～七八頁。黒川知文「内村鑑三とユダヤ人Ⅰ　再臨運動とユダヤ人問題」『愛知教育大学研究報告　人文・社会科学』55、二〇〇六年三月、二五～三〇頁。「内村鑑三とユダヤ人Ⅱ　再臨運動とユダヤ人問題」『愛知教育大学研究報告　人文・社会科学研究報告』56、二〇〇七年三月、五七～六〇頁。「内村鑑三とユダヤ人Ⅲ　再臨運動とユダヤ人問題」『愛知教育大学研究報告　人文・社会科学研究報告』57、二〇〇八年三月、七五～八二頁。役重善洋「内村鑑三・矢内原忠雄におけるキリスト教シオニズムと植民地主義：近代日本のオリエンタリズムとパレスチナ／イスラエル問題」『アジア・キリスト教・多元性』8、京都大学、二〇一〇年三月、六七～七八頁。

(3) 福本日南《ふくもとにちなん》：（一八五七～一九二一）明治・大正期のジャーナリスト、史論家。九州日報社長、衆議院議員（日外アソシエーツ編集部編『新訂増補　人物レファレンス事典　明治・大正・昭和（戦前）す―わ』、二〇〇〇年、一七一五頁）。

(4) 大庭柯公《おおばかこう》：（一八七二～没年不詳）明治・大正期の新聞記者、社会評論家。読売新聞編集局長。通訳官として日露戦争に従軍。社会同盟に加入（日外アソシエーツ編集部編『新訂増補　人物レファレンス事典　明治・大正・昭和（戦前）あ―し』、二〇〇〇年、三九九頁）。

(5) 宮澤正典『増補　ユダヤ人論考　日本における議論の追跡』、新泉社、一九八二年、二七頁。

(6) 臼杵陽の以下の著作にこの論点が示されている。「大川周明のシオニズム論――道会雑誌『道』と『復興亜細亜の諸問題』初版本テクスト比較――」『日本女子大学研究紀要』15、日本女子大学、二〇〇九年三月、七三～九三頁。『大川周明　イスラームと天皇のはざまで』、青土社、二〇一〇年。

(7) 渡邊善太：明治・昭和期の聖書学者。青山学院大学教授。（日外アソシエーツ編集部　二〇〇〇〔す―わ〕：二一九二頁。）

(8) 吉田絃二郎：大正・昭和期の小説家。劇作家。（日外アソシエーツ編集部二〇〇〇〔す―わ〕：二一三八頁。）

(9) 石橋智信：明治から大正期の宗教学者。東京帝国大学教授。文学博士。（日外アソシエーツ編集部二〇〇〇：〔あ―し〕、一五一頁。）

(10) 新居格：大正・昭和期の評論家。社会運動家。新聞記者。杉並区長。アナーキズム思想家としても有名。（日外アソシエーツ編集部二〇〇〇〔す―わ〕：一五〇三頁。）

(11) 厨川白村：大正期の英文学者。評論家。京都帝国大学教授。（日外アソシエーツ編集部二〇〇〇〔あ―し〕：七五〇頁。）

(12) 満川亀太郎『ユダヤ禍の迷妄』平凡社、一九二九年、二一〇頁。

(13) フリーメーソンのこと。

(14) 満川『ユダヤ禍の迷妄』、一九二九年、三～四頁。

(15) 同上、四五頁。

(16) 一九一九（大正八）年から一九二九年（昭和四）年にかけて満川が「ユダヤ人」に関して言及したものは、満川亀太郎『ユダヤ禍の迷妄』（平凡社、一九二九年、二二一～二二四頁）に「ユダヤ民族及ユダヤ禍に關する著者論文目録」として満川自身が提示しているものが詳しい。一九三三（昭和八）年『猶太禍問題の検討』（財団法人中法教化団体総合会）の他、一九三二（昭和七）年『激変渦中の世界と日本』（先進社）、一九三四（昭和九）年『大変動期の世界と日本』（錦旗社）にも「ユダヤ人」に関する論考が収録されている。

（17）小林正之「日本反ユダヤ主義の源流と満川亀太郎（その一）――ナショナリストにおける偏見との戦い――」『海外事情』21、拓殖大学海外事情研究所、一九七三年一一月、五頁。

（18）四王天延孝『猶太思想及運動』、内外書房、一九四一年。コーン・ノーマン〔内田樹訳〕『ユダヤ人世界征服陰謀の神話』（ダイナミックセラーズ、一九八六年）には翻訳者の反対があったにも拘わらず『議定書』が所収されたという（宮沢、グッドマン一九九九：一七〇頁）。また太田龍『シオン長老の議定書』、（成申書房、二〇〇四年）においても、太田龍補訳・解説で四王天延孝の『議定書』が出版されている（著者は太田竜と書かれることが一般的だが、本書には太田龍と記載されている）。

（19）満川『ユダヤ禍の迷妄』、一九二九年、一四頁。

（20）信夫淳平：早稲田大学講師、外交史家（小林　一九七四：七二頁　注〔74〕）。

（21）大竹博吉：（一八九〇～一九五八）昭和期の出版人。ソヴィエト研究家。ナウカ社長。日ソ親善運動を行った。戦後ソビエト研究者協会幹事、日ソ協会理事など（日外アソシエーツ編集部　二〇〇〇〔あ―し〕：三八二頁）。

（22）志垣寛：平凡社編集局長（小林　一九七四：七〇頁）。

（23）満川『ユダヤ禍の迷妄』、一九二九年、付録表紙。

（24）同上、二四四頁。

（25）吉野作造「猶太人の世界顛覆の陰謀の説について」『中央公論』395、中央公論社、一九二一年五月、七一頁。

（26）吉野作造「所謂世界的秘密結社の正体」『中央公論』396、中央公論社、一九二一年六月、三四～三六頁。

（27）同上、五頁。

（28）同上、六頁。

（29）同上、二～三頁。

（30）『シオン賢者の議定書』の全訳を行った安江仙弘は、筆名・包荒子で一九二一（大正一〇）年に『世界革命之裏面』（二酉社内二酉名著刊行会）、一九二六（大正一五、昭和元）年「猶太国建設運動」『日本及日本人』（四月一〇日号）、一九三〇（昭和五）年には安江仙弘名で『猶太国を視る』（織田書院）、一九三一（昭和六）年に『革命運動を暴く――ユダヤの地を踏みて――』（章華社）、一九三三年に『ユダヤ民族の世界支配？』（古今書院）、一九三四年に『猶太の人々』（財代法人軍人会館事業部）、一九三六年に筆名・包荒子で「パレスチタインに於ける猶回民族の抗争」『日本及日本人』（六月号）、安江仙弘で「躍進日本と猶太民族」『日本及び日本人』（六月号）及び『国際秘密力の研究』（第一冊）、「猶太＝大思想の白熱線時代」『日本及日本人』（一一月号）及び『国際秘密力の研究』（第一冊）、一九三七年には北斗書房から『革命運動を暴く――シオニズムの本源』、筆名・包荒子で「繰り返され行く猶太民族闘争」『日本及日本人』（二月号）、「タルムード――猶太聖典――」の解説を『国際秘密力の研究』（第二～三冊）、安江仙弘で「蘇聯キーロフ事件の真相及波紋」『国際秘密力の研究』（第二冊）を執筆している（宮澤　一九八二：二二九～二二八頁）。
(31) 酒井勝軍は、日露戦争とシベリア出兵に出兵中のほぼ全期間従軍し、反ユダヤ主義的な論と「日本人とユダヤ人は同じ祖先を持つ」と信じる「日猶同祖論」の両方を熱心に唱えた人物である。宮澤は、酒井の異常なユダヤ観は正確に捉えきれないが、大正期は反ユダヤだと言えると指摘している（宮澤　一九八二：二九頁）。
(32) 海軍大佐で「ユダヤ問題専門家」の犬塚惟重が「ユダヤ人研究」を開始したのも、シベリア出兵が契機であり、出兵時に赤化対策資料として送付された『議定書』と出会ったという。犬塚もまた多くの反ユダヤ主義の著作を書いている。一九三二（昭和七）年に「悪思想の根源」『思想研究資料』（第八七号、海軍省教育局）や反ユダヤ団体「国際政経学会」においても筆名の宇都宮希洋で投稿している。犬塚は、「ユダヤ人利用論」を唱えた人物であり、一九三九年四月に上海海軍武官府勤務、実際に上海に居住する「ユダヤ人」を管理するために「犬塚機関」を設置した。（関根真保『日本占領下の〈上海ユダヤ人ゲットー〉――「避難」と「監視」の狭間で――』、昭和堂、二〇一〇年に詳しい。）
(33) 宮澤正典『増補　ユダヤ人論考　日本における議論の追跡』、一九八二年、二二二頁。
(34) 満川、『ユダヤ禍の迷妄』、一九二九年、七六頁。
(35) 北上梅石『猶太禍』、内外書房、一九二三年、（發刊の辭）一頁。
(36) 同上、一三頁。
(37) 同上、三一頁。
(38) 北上『猶太禍』、一九二三年、一九一頁
(39) 四王天信孝については、磯部国良「一九一〇～二〇年代における四王天延孝の反ユダヤ主義形成過程」『専修史学』46、専修大学歴史学会、二〇〇九年三月が詳しい。一九四二年の翼賛選挙で東京五区から出馬し、七六二五〇票という投票数を獲得して当選している。A級戦犯容疑で連合国軍に逮捕されるが、一九四七年一〇月には釈放される。敗戦後も自身の「ユダヤ人問題」にこだわり続けていた（磯部　二〇〇九：八〇頁）。
(40) 満川『ユダヤ禍の迷妄』、一九二九年、八五頁。
(41) 藤原信孝『自由平等友愛と猶太問題』、内外書房、一九二四年、一頁。
(42) シベリア出兵から二年後に設けられる。
(43) 藤原信孝『猶太民族の研究』、内外書房、一九二五年、ページ数なし。
(44) 同上、二頁。
(45) 同上、二頁。
(46) 同上、五頁。
(47) 同上、六頁。
(48) 同上、八頁。
(49) 同上、一二九～一三〇頁。

(50) 磯部国良「一九一〇～二〇年代における四王天延孝の反ユダヤ主義形成過程」『専修史学』46、専修大学歴史学会、二〇〇九年三月、一〇八頁。
(51) 藤原『猶太民族の研究』、一九二五年、二二五頁。
(52) 同上、一〇四頁。
(53) 同上、一〇五頁。
(54) 同上、一〇七頁。
(55) 同上、一二三頁。
(56) 同上、一二六頁。

プロレタリア文学運動のシルエット

——二十世紀前半におけるドイツと日本の文化交流史から

池田浩士

1．朝鮮人

私の本棚に黄色い布製の表紙をもった一冊の本がある。一九三〇年にベルリンとヴィーンとチューリヒの「国際労働者書房」（Internationaler Arbeiter-Verlag）から刊行されたもので、もちろんドイツ語で印刷されている。だが、著者はドイツ人でもオーストリア人でもスイス人でもない。本の著者名は「N.Tokunaga」、表題は《*Die Strasse ohne Sonne*》となっている。タイトルページに先立つ奥付のページから、この一冊が「国際小説叢書」（*Der internationale Roman*）の第5巻として刊行されたこと、初版は一万一千部だったことがわかる。

じつは、著者名の「N」という頭文字は正しくない。この本の著者である日本の作家、徳永の名前は、日本の読者であれば「すなお」と読むことを知っているが、「まっすぐな」とか「ただちに」という意味の漢字を、ドイツ語訳にあたって同じ意味だが別の読みかたである「なおし」と読んだために、頭文字を「N」としたのである。しかしこれは、この小説『太陽のない街』をドイツ語に訳したドイツ人の（あるいはドイツ語を母語とする）訳者が読み間違えたのではなかった。この本の巻末には、作品と作者について解説する簡潔な「あとがき」（Nachwort）が付されているのだが、「一九三〇年九月」の日付をもつこのあとがきの筆者名は「在ドイツ日本人革命家グループ」（Japanisch-revolutionäre Gruppe in Deutschland）と記されている。その「あとがき」のなかで、作者名は〈Naoshi　Tokunaga〉と表記されているのである。つまり、『太陽のない街』という日本の小説をドイツ語に訳して刊行するにあたって中心的な協力者の役割を果たしたと想像できる「在ドイツ日本人革命家グループ」の日本人たち自身が、作者名を誤って読んでいたのだった。あるいはひょっとすると、親しい人びとの間では徳永は「なおし」と呼ばれていたのかもしれない。

この本が刊行された当時、ドイツ共産党には「日本人部」があり、その傘下には在ドイツの「日本プロレタリア作家同盟」メンバーも加わっていた。その代表は文学評論家・文学理論家の勝本清一郎（一八九九・五・五～一九六七・三・二三）だった。「日本プロレタリア作家同盟」（当時の略称は「作同」、一九三一年二月に「国際革命作家連盟（ＭＯＲＰ）に加入してからは「ＮＡＬＰ」）は一九二九年二月十日に結成され、同年九月に渡独した勝本がドイツにおける日本の作家同盟の代表として活動していた。それゆえ、一九二九年十二月に東京の戦旗社から刊行された徳永直の長篇小説『太陽のない街』のドイツ語訳にさいしては、もちろん作家同盟の活動でも徳永と親しかった勝本が、協力者の中心だったことが推測できるのである。そしてもちろん、ドイツにおけるプロレタリア文学運動の結節点だった「プロレタリア革命作家同盟」（Bund proletarisch-revolutionärer Schriftsteller、略称はＢＰＲＳ）がこの作品の刊行に協力したことは、出版元の「国際労働者書房」がこの同盟と同じくドイツ共産党と密接な関係を持っていたことからも、疑いがない。ドイツの作家同盟は、日本の「プロレタリア作家同盟」より約四ヵ月早く、一九二八年十月十九日に結成されていたのである。

小説『太陽のない街』は、日本の首都・東京の中心街のある情景から始まる。「電車が停つた。自動車が停つた。――自転車も、トラックも、サイドカアも、まつしぐらに飛んで来ては、次から、次へと繋がつて停つた。／――どうした？／何んだ、何が起つたんだ？／密集した人々の、至極単純な顔と顔を、黄つぽい十月の太陽が、ひどい砂埃りの中から、粗つぽくつまみ出していた。／人波は、水溜りのお玉じやくしの群のやうに、後から後からと押して来ては揺れうごいた。」（／は改行箇所を示す）

きわめて視覚的な表現によって描かれるこの突然の交通遮断は、「摂政宮殿下」の車が御付きを従えて通過するためだった。その年の年末に昭和天皇となる裕仁である。車が菊の紋を光らせて通り過ぎると、遮断線は解かれ、交通が動きだした。そのとき、一人の男が乱暴に通行人にぶつかりながら人ごみの中をかきわけて進もうとして、人びとの怒りを買う。だが人びとはすぐに、その男が私服刑事で、誰かを追っているのだということに気づく。「――××だ！／――そうぢやねえ、社会主義者だ！」

追われている男は、道行く人たちにビラを撒こうとしていたちょうどそのとき、交通遮断に出くわしたのだった。男を取り逃がしたあと刑事が拾った一枚のビラには、「大同印刷争議団」とそれを支援する「小石川区民有志」の名で、おりからこの印刷会社で続けられている労働争議についてのアピールが記されていた。小説『太陽のない街』は、周知のとおり、現実に一九二六年に丸二ヵ月にわたって二千三百余人の労働者によって闘われた大印刷会社の労働争議を題材にしていた。そしてこれまた周知のとおり、作者の徳永直（一八九九・一・二〇〜一九五八・二・一五）自身が、この会社の一印刷労働者として、会社側が打ち出した合理化方針に反対するその争議に、積極的に参加したのだった。ストライキが労働者の全員解雇という結果で終わったとき、彼は失業者仲間と小さな印刷所を始めるかたわら、これまで少しずつ書いてきた文学作品の創作に本腰を入れ、三年後に「大同印刷」（現実には「共同印刷」）の争議を描く『太陽のない街』を発表したのだった。

　つまり彼は自分自身の体験に基づいてこの小説を書いたのである。しかしそれは、彼が体験したことをそのまま書くことができた、ということを意味するわけではない。刑事が誰かを追っていることに気付いた通行人のセリフが、そのことを物語っている。日本語の原典では、そのセリフは「××だ！」と伏字《ふせじ》で書かれている。「新聞紙法」と「出版法」にもとづく検閲によって削除を命じられたのか、あるいは最初から出版社が自主規制して伏字にしておいたのか、いずれかのために、権力の忌諱に触れるような「不穏当な」語句は文字数に応じた数の「××」で表記されたのである。じつは、「摂政宮殿下」も日本語原典では「××宮殿下」となっていた。また、当時の政権与党で、検閲と言論弾圧、弾圧一般の執行者である政党も、「××党」としか表記できなかった。この小説の随所に出てくるこれらの伏字が本来の表記に復すことができたのは、「大東亜戦争」（大日本帝国は、いわゆる太平洋戦争、すなわち日本にとっての第二次世界大戦を正式にこう命名した）における日本の敗戦の後のことである。つまり、この小説が最初に刊行された時点でも、単行本刊行に先立って「日本プロレタリア作家同盟」の機関誌である『戦旗』の一九二九年六月号から十一月号（十月号は休載）に全体のほぼ九割に当たる「旗影暗し」までが連載されたときも、初版単行本ののち一九四五年以前に春陽堂版「日本小説文庫」、「新潮文庫」などに収められて再刊されたときも、日本の読者は、官憲や国家権力が容認しない語句は「××」としか読むことができなかったのだ。

　ところが、『太陽のない街』のドイツ語版には、もちろん伏字はない。「××宮殿下」は「摂政宮」を意味する**Prinzregent**《プリンツレゲント》という語で明記されている。政府与党の「××党」は**Kenseikai**と日本語の政党名をそのままローマ字で記されている。伏字にならないまでも、作者があらかじめ断念または妥協して敢えて穏便な表現にしたと思われる語句が、ドイツ語版では本来の意図に即した表現にされている例も見られる。たとえば、物語の最後の場面で、組合執行部のストライキ収束方針に抗して争議団の旗を護ろうとする一人の青年が描かれるところがそれである。彼の叫びは、日本語版では「――旗を護れ／――旗を!!」と書かれている。ところがドイツ語版では、「赤旗を護れ！／赤旗を！」（„Schützt《シュッツト》 die《ディ》 rote《ローテ》 Fahne!《ファーネ》“／„Die rote Fahne!“）と単刀直入に表現されているのである。全篇を締めくくる大団円の最後の二行で「赤旗」を登場させるか、単なる「旗」とするかでは、小説としての効果に決定的な違いがあるだろう。だが日本語版では、検閲を刺激する「赤旗」という直接的表現は断念されざるをえなかったのだ。ドイツ語訳に積極的に協力したと考えられる在ドイツの「日本プロレタリア作家同盟」（もちろん作者・徳永直も日本の作家同盟の中心的な同盟員だった）のメンバーたち、とりわけ勝本清一郎が、ドイツ語訳にさいして作者・徳永の意を体していたことは疑いがない。日本語原典とほとんど同時代のドイツ語版をいまあらためて読み返してみるにつけても、ヴァイマル期ドイツのプロレタリア文学を成り立たせていた政治・社会状況と日本におけるそれとの間にある大きな差異を、再認識せずにはいられない。

そして、ドイツ語版『太陽のない街』は、さらに重要ないくつかの事実を教えてくれるのである。左翼の労働者運動と批判的な文学表現とに対する弾圧の直接の執行者だった政権与党は、前述のとおりドイツ語版では「Kenseikai」となっているが、日本語の原本では伏字で「××党」と表記されていた。「憲政会」なら日本語版でも「××会」とすべきところだろうが、なぜこの不整合が生じたのだろうか？――日本の敗戦によってもはや検閲制度が廃止されたのち、『太陽のない街』は、戦後民主主義文学の担い手となる「新日本文学会」によって、一九四六年十二月、すべての伏字を起こした完全版として新たに刊行された。この版でも、これに基づくそれ以後のどの版でも、「××党」は「民政党」と改められた。ところがそれが、日本語の原典が刊行された直後に翻訳出版された一九三〇年のドイツ語訳では「Kenseikai」となっていたのである。

このことの理由は、以下のように理解できるのではあるまいか。――「民政党」（正式には「立憲民政党」）は、一九二七年六月一日にそれまでの「政友本党」と「憲政会」という二つの政党が合同して結成された。それゆえ、『太陽のない街』の素材となった共同印刷の争議の当時、つまり一九二六年の一月から三月という時点では、「民政党」は現実にはまだ発足していなかったはずだ。それにもかかわらず作者は、物語の一章で「××内閣総辞職‼」の号外が出る場面を描き、そこで「××党」という政党名に言及したのである。戦後版では、総辞職した「××内閣」は「若槻内閣」と復元されているので、これは一九二七年四月十七日の若槻礼次郎内閣の総辞職であることがわかる。この時点での若槻は、まだ「憲政会」の総裁であって「民政党」の総裁ではなかった。そればかりか、若槻内閣の総辞職は現実のストライキよりも一年以上も後だった。それにもかかわらず作者が、小説中のストライキの時期を現実のそれよりも後にずらして印刷労働者たちの争議と強権内閣の総辞職とを同じ時期に設定したのは、それによって、闘う労働者たちと国家権力との対峙をいっそう生々しく効果的に描こうとしたからに違いない。なぜなら、若槻礼次郎という政治家は、かつて一九二五年に内務大臣として、悪名高い弾圧法である「治安維持法」(一九二五年五月十二日施行)を制定した人物だったからである。「国体の変革」、つまり天皇制に基づく日本国家の現体制を変革しようとする思想や実践は、この法律によってもっとも厳しく禁じられ取り締まられていた。この法律に違反した主犯たちに、それまでの最高刑だった懲役十年に替えて死刑と無期懲役刑が適用される、という法律の改定が勅令によって行なわれたのは、小説『太陽のない街』が刊行される前年、一九二八年六月のことだった。このような脈絡を読者が理解することを期待できないドイツ語訳では、作者が意図した虚構による効果を断念して、むしろモデルとなったストライキの歴史的現実を忠実に反映して「××党」を「憲政会」と訳し、ドイツの読者にあまり馴染みのない日本の政治家の名前を避けて「若槻内閣総辞職‼」を「憲政会内閣総辞職‼」(Der Rücktritt des Kenseikai-Kabinetts!!)と訳したのである。ドイツ語訳が表面的なものではなくよく考えられたものだったことが、このことからもわかるだろう。

『太陽のない街』のドイツ語版が教えてくれるもう一つの重要な事実も、やはり伏字と関係している。さきに引用した「××だ！」という通行人のセリフ、小説冒頭の場面で刑事に追われている男を表わすこの「××」という伏字の箇所は、他の伏字と同様、この小説が最初に雑誌『戦旗』に発表されたときにも、もちろん伏字だったが、日本の敗戦ののち、新日本文学会版で初めて「スリだ！」と復元されたのだった。そしてこれはそれ以後のすべての版本でも受け継がれた。伏字の復元が作者自身によるものか、誰かほかの校閲者なり編集者なりによるものか、解説やあとがきのない新日本文学会版からは明らかではない。一九五〇年八月に刊行された岩波文庫版には作者による「解説——思い出ふうに」が付されているが、伏せ字についての言及はない。――だが、いったいなぜ、戦前の刊行当時、「スリ」を伏字にする必要があったのだろうか。作者の徳永直みずからが伏字を起こしたにせよ、ほかの誰かがそれをしたにせよ、「朝憲紊乱」と「風俗壊乱」に関わる禁句とは無縁な「スリ」（「掏摸」）が伏字を余儀なくされたと、考えたのだろうか。日本の言論弾圧は、「天皇制」に対する反対や異論と、「エロ・グロ」、つまり性的な風俗を乱すとされる表現とを、集中的にその対象としていたのである。

もちろん、まず通行人たちの誤解を描くことによって、追われる男の正体をいっそう強く印象づける意図があったと推測できないことはない。しかし、そのためにはすでにその二行前で、伏字ではなくそのままの表記として「泥棒だッ！」という通行人の叫びが描かれている。その同じ誤解をあらためて「スリだ！」という叫びによって上塗りする必要があるだろうか。「スリ」が伏字にされて、そのあとの「社会主義者」がそのままにされているのも、納得しがたいことである。ちなみにドイツ語訳では「泥棒だッ！」という叫びは省略されている。訳者と日本人協力者たちは、作者の意図がそのような通行人の誤解を描くことにあるのではないと考えたのだろう。

じつは、ドイツ語版ではこの伏字箇所は「朝鮮人だ！」（„Koreaner!“）と訳されている。日本語原典における××が削除された字の数に対応しているとすれば、日本語では「鮮人だ！」となる。そのすぐ後につづく「――そうぢやねえ、社会主義者だ！」というもう一人の通行人のセリフも、これで生きてくるわけだ。それに加えてドイツ語版は、この„Koreaner!“に註の記号＊（アステリスク）を付して、脚注でこう記しているのである、「少数民族である朝鮮人は、日本の市民階級によって不穏分子と見なされている。」――一九二三年九月一日の関東大震災による混乱のさなかに、東京とその近在で日本人市民による朝鮮人の虐殺が行なわれたことは、『太陽のない街』の刊行当時まだ読者の記憶に新しかった。朝鮮人が大震災による混乱に乗じて暴動を起こそうとしているとか、井戸のなかに毒を投げ込んでいるとかいう流言蜚語が飛び交い、市民たちが憲兵や自警団と共同で数千人もの朝鮮人を殺害したことを、読者は「鮮人だ！」という叫びから思い起こさねばならないはずだった。徳永直の小説は、伏字にされた「鮮人だ！」というセリフによって、そういう現実の一端をも描き込んでいたに違いないのである。

それにしても、いったいなぜ、敗戦後に伏字が起こされたとき「鮮人」が「スリ」に変わるというような間違いが生じたのだろうか？――敗戦の翌年、一九四六年十二月十日に新日本文学会版『太陽のない街』が刊行された当時、作者の徳永直はもちろん健在だった。彼がみずから伏字を起こしたにせよ、編集担当者その他が作業にたずさわったにせよ、記憶違いや単なるミスでこの変更が生じたとは考えにくいのである。

もっとも事実に近いと思われる推測を記そう。

日本の敗戦から間もない一九四五年九月二十日、米軍総司令部渉外局は、日本を占領している「聯合軍最高司令部」（GHQ）からの指示として、「聯合軍最高司令部一九四五年九月十九日日本帝国政府に対する覚書」についての発表を行なった。この覚書《おぼえがき》は、九月二十一日に日本の情報局および内務省を経て全国の地方長官に通達されたが、それには「日本に与へる新聞紙法」という題名が付されていた。この題名が、従来の大日本帝国で新聞・雑誌などの定期刊行物を取り締まり弾圧してきた「新聞紙法」（伏字もこの法律の一結果だった）を念頭に置いたものであることは言うまでもない。一般にGHQの「プレス・コード」（press code）と呼ばれることになるこの指令は、たとえば九月二十三日の『朝日新聞』（東京）には「聯合軍司令部より／新聞紙法を指示／日本の全刊行物に適用」という見出しで報じられ、「覚書」の全文が掲載された。その全文はまた、新聞社の内部資料として、これに続く占領軍（「進駐軍」）による一連の言論・報道規制に関する資料とともに、たとえば朝日新聞大阪本社調査部編『マ司令部の新聞に関する指令並に参考資料・第一輯【社外秘】』（おそらく一九四六年八月印行）に収録されているほか、日本新聞協会の『新聞協会調査資料第一号・マ司令部発表　新聞と新聞人の在り方』（一九四七年三月）にも収められている。指令の前書きは「この新聞規定は〔中略〕ニュース、社説ならびに全新聞に掲載される広告は勿論この外日本において印刷されるあらゆる刊行物に適用される」と述べている。そして、一〇項目からなる規定の第一は「報道は厳格に真実を守らざるべからず」、第三から第五は「聯合国」および「進駐聯合軍」に対する批判や不適切な報道を禁止するものだったが、第二項は「直接たると推論の結果たるとを問はず公安を害すべき事項は何事も掲載すべからず」と定めていたのである。

この第二項の規定によって取り締まりあるいは禁止の対象となりうる報道や刊行物の記述内容の範囲が極めて広いことは、容易に理解できるだろう。そして、このような条文の効果が、事後の取り締まりと相携《あいたずさ》えて事前の自主規制、自己検閲を促すことにあるのも、明らかだろう。この取り締まりと自主規制は、一九四五年十一月一日に米国統合参謀本部が聯合国最高司令官マッカーサー（マ元帥）に与えた「日本占領および管理のための初期基本指令」のなかで「解放国民」と規定された朝鮮人、台湾人などに関する報道・

記述において、とりわけ顕著に実行されることになる。当時の新聞を見ても、これらの人びとについての報道・記事がほとんどない不自然さに気づかずにはいられないのである。『太陽のない街』の「××だ！」が「鮮人だ！」ではなく「スリだ！」となったのは、まさしくこのような時代状況のなかでのことだったのだ。その変更は過誤ではなく意図的だったのである。

日本の敗戦後にようやく伏字が不必要になったとき、それ以前の文献のいくつかの伏字はもはや復元するすべもなく、あるいは間違って復元された。表現の自由がついに獲得されたはずの時代になっても、ひとたび奪われた表現はついに回復されることがなかったのである。それどころか、いくつかの表現は新たな状況のなかで新たな規制によって束縛されねばならなかった。しかも、この新たな束縛は、伏字のような痕跡を残すことさえなかった。こうして、『太陽のない街』は、無惨な改竄《かいざん》を秘めたまま、日本のプロレタリア文学が生んだ最大の成果の一つとして読まれつづけている。

2・炭坑夫

『太陽のない街』に描かれている「大同印刷」の争議のモデルとなった「共同印刷」の大争議は、天皇の元号としての「大正」時代の最後の年、一九二六年の一月十九日から三月十八日までのちょうど六〇日間にわたって闘われた。この年の十二月二十五日、大正天皇・嘉仁が死に、一九二一年十一月から摂政宮として病身とされる天皇の代行をつとめていた皇太子・裕仁が新しい天皇となって、元号は「昭和」と改められた。国家権力中枢のこの変動は別としても、この年は、日本の文学と出版文化一般にとって一つの劃期となった年でもあった。この年の十二月上旬、大手出版社の改造社が「現代日本文学全集」（全六三巻）の刊行を開始した。この全集は、各巻が菊判（ほぼA5判に相当する）の三段組みで六〇〇ページを超える大冊であるにもかかわらず一冊一円という廉価だったことで、厖大な予約購読者を獲得したのである。他の大手出版社も各種文学全集の企画でこれに倣い、ここに「円本」ブームと呼ばれる一時代が始まった。しばしば語られてきたように、このブームによって日本の民衆が文学作品の受容者としての厚い層を形成するようになったことは、疑いない。「円本」が登場したのとまったく同じ一九二六年、「円タク」と呼ばれるタクシーが出現していた。それまで一キロで五〇銭（〇・五円）が普通だったのが、東京市内ならどこまで乗っても一円というタクシーができたのである。従来どおりの一キロ五〇銭の車なら、二キロで一円だから、ほぼ二キロまでが六〇〇円ないし八〇〇円という現在の日本のタクシー料金を考えるなら、円本一冊は現在の物価に換算すれば七〇〇円前後の価格に相当するだろう。いまの日本では、小さな文庫本でもしばしばこれより高いくらいである。

その円本の一つに、平凡社の「新興文学全集」があった。名称のとおり、二十世紀のアヴァンギャルド文学と呼ぶにふさわしい世界各国（日本も含めて）の新しい作品を集成するという意欲的な全集で、いまなお読むに堪える作品を数多く収めている。一九二八年から三〇年にかけて全二四巻で刊行されたその全集の第一八巻、ドイツ篇Ⅰは、ゲールハルト・ハウプトマンからゲーオルク・カイザー、カール・シュテルンハイム、カール・アウグスト・ヴィットフォーゲル、オット・ミュラー、ヘルミニア・ツーア・ミューレン、そしてヨハネス・ローベルト・ベッヒャーに至る同時代のドイツ作家たちの作品を収載していた。後期自然主義から表現主義、さらには初期プロレタリア文学までを網羅したこの一巻の巻末を飾ったのは、女性作家ルー・メルテン（一八七九・九・二四〜一九七〇・八・一二）の一幕劇「炭坑夫」（*Bergarbeiter*）だった。「新興文学全集」の第一回配本でもあったこの巻は、『太陽のない街』の主題のモデルである共同印刷の争議が収束させられてからちょうど二年後、徳永直の小説が単行本として出版される一年五か月前、一九二八年四月に刊行された。

ルー・メルテンの「炭坑夫」は、この日本語訳が刊行されるより二十年近く前の一九〇九年に、四五ページの冊子としてシュトゥットガルトのディーツ書房から刊行されたものだった。中心人物たちは、ある老炭坑夫とその家族である。いくら働いても生活が楽にならぬまま貧困にあえぐ老坑夫の一家では、すでに妻と一人の子供が結核で生命を失い、いままた残る一人の息子と一人の娘も同じように死んでいこうとしている。坑内での過酷な労働によって、とりわけ炭塵を吸い込むことで、炭坑夫たちは肺や呼吸器官を冒され、塵肺や肺結核で生命をすり減らしていくのが常だった。老炭坑夫は、もはやこのような生き方には耐えられないと感じている同じ炭坑の坑夫たちから、会社側に対して労働条件の改善を要求する闘いの先頭に立ってくれと懇願されている。しかし、忍従を当たり前として生きてきた彼は、そのような大それたことに手を貸すなど、思いも寄らない。彼が拒みつづけているうちに、まず娘が消え入るように死んでいく。その兄もまた同じ結核で死期が近い。劇は、とうとうすべての家族を奪われた老炭坑夫が、ついに仲間たちの先頭に立って闘いを開始する決意を固めるところで終わる。

メルテンのこの戯曲は、舞台装置の点でも台詞《せりふ》の点でも、劇の展開においても、たとえば表現主義の斬新さとは縁遠いむしろ古典的な手法で展開される。それは、この劇が脚本として最初に刊行されたのが、ドイツにおいて表現主義演劇が本格的に始まる以前の一九〇九年だったことを考えれば、むしろ当然だっただろう。しかしそれは、日本語に訳されたときこの戯曲がすでに時代遅れだった、ということを意味するものではなかった。この作品が日本で「新興文学全集」の一冊に収められて刊行されたとき、ドイツでは、まさにこの作品に予感的に描かれたような炭鉱労働者たちの闘争が激しく燃え上がっていたのである。この訳書が刊行される半年前、一九二七年十月十七日に、中部ドイツの炭鉱労働者九万人が、十二時間または十時間の現行労働時間を八時間に短縮することと、日給の八〇ペニヒ（〇・八マルク）賃上げとを要求して、ストライキに突入した。ストライキは丸一週間つづいたすえ、このままでは火力発電による電力供給が止まることを懸念した会社側が、六〇ペニヒの賃上げに応じたことで終結したのだった。だが一方、それと同じ時期の日本では、ドイツの炭鉱ストライキに匹敵するような炭鉱での労働争議はなかった。すでに一九一〇年代以前から日本でも繰り返し起こっていた炭鉱や鉱山の争議は、一九二七年から二八年にかけてのこの時期にはいわば鳴りをひそめていたのである。――しかし、その相対的な静寂のなかで、別の新しいものが生まれつつあったのだ。

一つは、明治維新に始まる近代国家への歩みのなかで日本の産業化の文字通りのエネルギー源となってきた石炭が、いよいよ中国大陸を始めとするアジアへの軍事的進出を本格的に開始しようとする日本国家のなかで、その重要性を急速に高めつつあったことである。昭和天皇・裕仁は、天皇となった直後の一九二七年五月、いわゆる「山東出兵」（第一次）によって中国への軍事侵略を開始した。一九四五年夏の敗戦によって終わる日本の「十八年戦争期」が始まったのである。ドイツと同じく国内に石油資源をほとんど持たない日本にとって、石炭は、人造石油の製造原料であることも含めて、戦争遂行のためにますます重要性を増しつつあった。財閥資本を始めとする大手の石炭産業は、この時期、炭鉱への新しい機械の導入を急速に進めていた。一九二七年には、三井財閥が経営する九州筑豊の田川炭鉱で、「リッツルジャイアントＮＰ４７２型」という採炭ドリルの独自の改良型が採用され、一九二八年には同じく筑豊の三井山野炭鉱で、「山野式チェーンコンベヤー」や、手動ドリルに代わる電動ドリルが導入されるなど、採炭と石炭の坑内運搬や地上への搬出の作業が大幅に機械化されていった。日本における炭鉱労働は、明治期の全般的な産業化・近代化のなかにあっても、前近代的な労務管理システムや劣悪な労働条件と低賃金によって、近代産業とは一線を劃すものというイメージで捉えられてきたのだが、一九二〇年代末のこの時期に、労働者運動にとっても、またプロレタリア文学運動にとっても、炭鉱労働がきわめて重要な一領域として意識化されるようになったのである。

ルー・メルテンの「炭坑夫」が日本に紹介された一時期に生まれつつあったもののもう一つは、上述のような新しい意味を持つようになった石炭と炭鉱労働が、みずからを描く文学表現をようやく本格的に獲得したことだった。

ルー・メルテンの「炭坑夫」は、「新興文学全集」の一冊に収められる一年半前に、その当時の日本におけるプロレタリア文学の単一の機関誌だった『文藝戦線』の一九二六年十月号に、プロレタリア演劇運動の代表的な演出家の一人、佐野碩によって翻訳掲載されていた。その直後に、「福本イズム」をめぐる日本共産党の内部対立のためにプロレタリア文学運動が分裂し、『文藝戦線』は「労農藝術聯盟」の機関誌となり、対立する「プロレタリア藝術聯盟」は『プロレタリア藝術』を機関誌とした。メルテンの「炭坑夫」は、同じ訳者、佐野碩による改訳稿として、『プロレタリア藝術』の二八年三月号に改めて掲載された。そしてこの改訳稿が、その翌月に刊行された「新興文学全集」第一八巻に収められたのである。つまり、一九二六年十月から二八年四月までの一年半のあいだに、「炭坑夫」は三度にわたって日本の読者に届けられ、しかもその間にプロレタリア演劇運動の諸劇団によって各地で数十回も上演されたのだった。そして、「炭坑夫」が雑誌と本と舞台から読者・観衆に届けられたこの時期こそは、日本文学のなかに「炭鉱」と「炭鉱労働者」を描く文学作品が本格的に登場してきた一時期だったのである。

その初めは、一九二七年七月号の『文藝戦線』に発表された橋本英吉の短篇小説「嫁支度」だった。みずからも炭鉱労働者としての体験をもつ橋本英吉は、この作品を皮切りにして、次つぎと炭鉱労働と炭鉱労働者を描く作品を発表することになる。第一作の短篇小説「嫁支度」は、ルー・メルテンの「炭坑夫」の一家と同じように貧しい炭坑夫の親子を描いている。父と若い娘は一緒に炭鉱で働いているが、娘が坑夫をやめて町の商人に嫁ぐことだけが老父の夢である。そうすることだけが、娘を過酷な労働と貧困から救う唯一の道だからだ。それはいつしか娘自身の夢ともなって、彼らはその夢を実現するために乏しい賃銀のなかから嫁入りの費用を少しずつ蓄えている。――だが、その夢がかなう以前に、娘は、メルテンの老坑夫の娘や息子たちとまったく同じように、結核のために「汚れた布団の中で益々硝子のやうに透明になって行つた」のである。

運動の分裂にさいして橋本英吉は「労農藝術家聯盟」にとどまったが、一九二七年十一月にそれがさらに分裂して「前衛藝術家聯盟」が生まれ、機関誌『前衛』を刊行することになったとき、かれはこれと行動をともにした。その橋本英吉が一九二八年一月号の雑誌『前衛』に発表した短篇小説「棺と赤旗」は、前作「嫁支度」のように伝統的に家族労働だった炭坑夫一家の日常を微視的に描いたものではない。舞台は九州地方のある小さな島の海底炭鉱で、登場人物たちは群像としての炭鉱労働者である。しかも、描かれるテーマは、一つには労働条件の改善を求める炭坑夫たちのストライキであり、もう一つには、狭い海を隔てて炭鉱の島と向かい合って暮らす町の住民たちが、そのストライキとそれを鎮圧するために送り込まれる警官や暴力団を見るまなざしである。日本のプロレタリア文学は、橋本英吉のこの「棺と赤旗」によって初めて炭鉱のストライキを描いたばかりでなく、炭鉱とそれに隣接する地域の住民との関係を初めて文学表現の主題として取り上げたのだった。橋本英吉は、こうして、炭鉱と炭鉱労働者を描く佳作を相次いで世に送り、プロレタリア文学と日本文学総体のなかに「炭鉱文学」とでも呼ぶべき一分野を確立した。それは、ルー・メルテンの「炭坑夫」が、興隆しつつあるプロレタリア文学運動の機関誌だけでなく、厖大な刊行部数を誇る「円本」の「新興文学全集」によっても広範な読者に届けられたのと、まさに同じ時期のことだったのである。メルテンの作品の日本への紹介と、その時期に橋本英吉によって日本の「炭鉱文学」が歩みはじめたこととの間に、直接的な関係があったかどうかは、いまのところ解明する材料がない。ルー・メルテンの「炭坑夫」が橋本英吉の炭坑小説に何らかの影響を及ぼしたとは、いまのところ言うことができないのである。けれども、両者の作品が注目を集め読者や観衆の反響を呼んだ背景には、日本における石炭と炭鉱労働が大きな新しい社会的・政治的意味を持ちつつあったという現実が存在したことは、疑いないだろう。このこととの関連で、ルー・メルテンと橋本英吉については、なお若干のことをここで見ておかなければならない。

橋本英吉（一八九八・一一・一〜一九七八・四・二〇）は、日本で最大の産炭地である九州の筑豊炭田に程近い福岡県築上郡に生まれた。六歳のとき父の死に遭って、田川郡伊田町の叔父夫婦の養子となった。田川伊田は、筑豊でも有数の炭鉱の町である。十五歳で義務教育を終えると郵便局の電報配達夫として働いたのち、十七歳のとき炭坑夫となり、七年間を炭鉱労働で生きた。一九二二年春、二十三歳のとき、炭坑夫を辞めて上京し、印刷技術を身に着けて、一九二四年に「博文館印刷」に入社した。この会社こそ、ほどなく改名して「共同印刷」となった印刷工場、あの『太陽のない街』に描かれた大ストライキによって歴史に名をとどめることになった印刷工場にほかならない。橋本英吉は、『太陽のない街』の作者・徳永直と同じく、その労働争議を一印刷工としてともに闘うことになる。争議の敗北とともに解雇された彼もまた、徳永直と同じように文学表現者への道を歩むことになったのだが、ストライキの体験を『太陽のない街』に描いた徳永とは異なり、橋本英吉は、主としてみずからにとっての原体験である炭鉱労働を素材とする作品を描きつづけ、日本近現代文学における「炭鉱文学」の開拓者および代表者となるのである。

だが、橋本英吉の炭鉱小説には、じつは決定的な限界があった。すでに一九二四年に炭鉱労働者をやめて都会の印刷工場の印刷工となった彼は、その数年後から急速に進行する上述のような炭鉱労働の機械化を、体験しなかったのである。そのために、彼の炭鉱小説は――炭鉱のストライキや周辺地域との関係の諸問題をテーマにする場合でも――具体的な坑内労働の場面においては、大規模な機械化が進む以前の古い労働方式で働く労働者の姿しか描くことができなかった。彼らは、電動ドリルやベルトコンベアーが導入される以前のように、鏨《たがね》と鉄鎚《ハンマー》でダイナマイト穴をうがち、鶴嘴《つるはし》で掘った石炭を手押しの炭車（トロッコ）で運んでいたのだった。いわば、橋本英吉の炭坑夫たちは、そのち一九三〇年代、四〇年代に、それどころか戦後に彼が書いた作品においてもなお、ルー・メルテンが一九〇九年に「炭坑夫」で描いた人物たちと同じ技術水準で炭鉱労働を続けていたのである。きわめて重要な石炭という物質資源と関わる炭鉱労働が、機械化と科学的合理化によってどのような変化と問題に直面することになったのか、そしてそれが炭鉱労働者にどのような影響を及ぼしたのかを描く文学表現が、橋本英吉を凌ぐ表現者によって生み出されることがなかったのは、日本のプロレタリア文学にとって一つの大きな欠落だった。

3・機械破壊者

あらためて言うまでもなく、機械的手段の導入による技術革新は労働の形式に決定的な影響を及ぼす。これは炭鉱労働だけに限ったことではない。それどころか、芸術や文学の表現方法や表現形式もまた、機械的技術によって著しい変化をこうむるのである。

橋本英吉における一つの限界を手がかりにして、炭鉱労働における機械的技術と炭鉱労働を描く文学表現とについてあらためて考えるとき、ほかならぬルー・メルテンが文学・芸術の表現形式に及ぼす技術的要因の作用について抱いていた関心と彼女の芸術理論は、いまなお未解決の問題をあらためて提起せざるを得ない。その問題はまた、かつてドイツと日本のプロレタリア文学がともに直面していた課題とも関連している。

日本の読者、とりわけプロレタリア文学に関心をもつ読者が――プロレタリア文学の作者たちや理論家たちはあらためて言うまでもなく――ルー・メルテンの名前を知ったのは、じつは戯曲「炭坑夫」によってだけではなかったのである。「炭坑夫」の翻訳の最終稿が「新興文学全集」の一冊に収められた一九二八年四月からちょうど半年後、一九二八年十月に、『芸術の唯物史観的解釈』と題する一冊が、「世界社会主義文学叢書」第六篇として、東京の南宋書院から刊行された。著者は「ル・メルテン」、訳者はプロレタリア文学の作家および批評家として知られている林房雄と川口浩だった。それから二年半後の一九三一年三月に、やはり「ル・メルテン」の『芸術の本質と変化』が、ドイツ文学者・青木順三の訳で同じく東京の共生閣から出版された。この日本語訳は「上巻」と表記され、原書の半分を訳出したものだが、「下巻」はついに刊行されなかった。この訳書の原典は、一九二四年にドイツのフランクフルト・アム・マインの「台風書房」(Der Taifun-Verlag)から刊行された『形式／芸術の本質と変化――史的唯物論的考察の諸結果』(*Wesen und Veränderung der Formen/Künste. Resultate historisch-materialistischer Untersuchungen.*)である(同じ内容のものが、『形式と芸術の本質と変化』(*Wesen und Veränderung der Formen und Künste.*)という題名(副題は同じ)で、戦後の一九四九年にヴァイマルの「生成と作用」書房(Verlag Werden und Wirken)から刊行されている)。上述の林房雄と川口浩の翻訳による『芸術の史的唯物論的解釈』は、この『形式／芸術の本質と変化』に先立ってその序論といくつかの抜粋が『芸術の本質と変化についての史的唯物論』(*Historisch-materialistisches über Wesen und Veränderung der Künste.*)という表題で一九二一年にベルリンの出版社「若き親衛隊」(Junge Garde)から「国際青年文庫」(*Internationale Jugendbibliothek*)の第一五冊として出版されたものを底本としていたのだった。

これらの著作でルー・メルテンが追究したテーマは、手工的技術と機械的技術が芸術表現にどのような影響を及ぼしてきたかを歴史的に解明し、産業と生活のなかで機械的な技術が手工的・工芸的な技術をますます駆逐しつつある現実に直面する現在の芸術が、機械化によって失った深い精神をいかにして新たに創出するか、という問題に他ならない。だが、この精神とは、芸術に描かれる主題や内容が体現するような精神ではない。それは、「物質的な構成的精神」なのだ。例えば中世のゴシック建築におけるその精神とは、いわゆるカトリックの宗教精神などではない、とルー・メルテンは言う。この精神とは、「石がまさにこうならずにはいられなかったという宗教的欲求などではなく、建造物の重量が張力と圧力のどのような比例関係によって負担されるかについての認識、迫持《せりもち》の発明によるこの問題の新しい技術的解決にほかならない。垂直物が持つ力の重要性を強調し、この垂直物をつくるための手段を――従来のすべての建築技術とは逆に――発見したことにほかならない。すなわち、手工と技術が、一つの新しい現象の基盤をつくりだすわけである。こうしてその新しい現象はいまやすぐれた可能性と表現能力を獲得し、その壁はもはや重量を支える必要がなくなって、透かし彫りや装飾をほどこされることができるようになる、というように。」――十七世紀から十八世紀にかけてのヨーロッパ音楽の発展も、メルテンによれば、新しく発見された手工（工芸）技術的な手段によるさまざまな楽器が生まれて初めて可能となったのだった。文学の歴史総体をもまた、彼女は、さまざまな技術的変化の結果としての表現様式の変転として見るのである。

　だが、こうした芸術上の革新と深化は資本主義社会における機械技術の発達と普及が手工的技術を駆逐することによってもはや不可能となった、とメルテンは考える。機械化は芸術の貧困化をもたらしたのである。近代の芸術が深い精神を失っている現実は、機械化による大規模な商品生産をこととする資本主義の本質と完全に対応している。だが、未来の共産主義社会においても機械による生産が引きつづき行われるとすれば、芸術・文学は手工的な技術と機械的な技術とをめぐる問題を解決しなければならないだろう。その問題の解決は、芸術家の労働の技術的基礎としての高度の工芸（手工的技術）を復活させることであり、将来も重要な生産要因として存続するであろう機械による生産を工芸の人間的性質が充分に制御することであるに違いない。たとえば「実用芸術」（Gebrauchskunst《ゲブラウフスクンスト》）、つまり壁や装飾や織物やガラスなど、工業の機械技術には制作できない領域を、これからの芸術は生かすことができるはずだ――。これが、ルー・メルテンの展望だった。彼女のこの考察が、造形芸術や建築のみならず文学の表現にとっても無関係ではないことは、この数十年間に機械技術の発展によって文学作品と読者とを結ぶ媒体《メディア》が急速な変化を遂げ、それによって文学作品の表現形式もまた変化したことを見るなら、容易に理解できるだろう。たとえばかつての伏字も、活字印刷という機械技術によって可能となった雑誌や書籍を媒体とする表現の一つであり、その伏字自体が活版印刷という機械的技術の特性に依拠して考案されたのだった。禁圧された表現は、それと同じ字数の××という活字と入れ替えることによって、前後の植字をやり直すことなく容易に抹消されたのである。だが一方、抵抗者たちは、強いられたこの伏字によって、表現弾圧の現実を読者に伝え、抹殺された表現内容を読者が伏字の背後に読み取ることを、期待しえたのだった。舞台演劇やラジオおよびテレビ放送という別の媒体の機械技術的条件のもとでは、いわんやインターネットという媒体のもとでは、表現の弾圧も伏字の強要とはまったく別の顔つきをしている。社会的・政治的な抑圧に対する抵抗の表現もまた、当然のことながら伏字とは別の表現形式を生み出されなければならない。

一九〇九年に「炭坑夫」を発表したとき三十歳の社会民主主義者だったルー・メルテンは、一九一八年十一月に始まるドイツ革命を経て一九二〇年代初頭にドイツ共産党が固有の文化政策と文学運動の形成とを模索しつつあった一時期、その共産党陣営の芸術理論家の一人として、新しい革命的な芸術・文学表現の可能性を追求する作業を展開した。だが、手工的技術と機械的技術を対置しながら芸術表現における技術的要因の決定的な重要性に着目し、技術的要因が芸術の形式を規定すると考える彼女の理論は、共産党陣営のなかで激しい反論と批判を呼び起こした。とりわけ厳しく彼女を批判したのは、G・G・Lという筆名で共産党の機関誌『ローテ・ファーネ』（赤旗）の文芸欄に文学批評を書いていた女性文学批評家、ゲルトルート・アレクサンダー（一八八二・一・七～一九六七・三・二三）だった。一九一八年十二月三十日から一九年一月一日の創立大会のときからドイツ共産党の党員だった彼女は、最初期の共産党の文学領域における文字通りのオピニオン・リーダーであり、党が独自の文化政策を模索しつつあったその時期に、旧来のドイツ社会民主党の文化政策とは異なる新しい共産主義的な文学・芸術が目指すべき方向を示唆する任務を担っていたのである。そのために彼女が批判の対象としたのは、旧来のブルジョワ的な文学・芸術よりはむしろ、新しい文化潮流として反戦闘争とドイツ革命にも積極的に関与した表現主義者たちやアナーキストの芸術家、とりわけ表現主義左派からダダイズムへと歩んだ作家や芸術家たちだった。なかでももっとも激しく彼女の批判を浴びたのは、エルヴィン・ピスカートル、ショルシュ・グロス、ジョーン・ハートフィールドなど、ベルリン・ダダのメンバーたちで、彼らは共産党員でもあった。彼らは、旧来の芸術的価値をラディカルに否定し、高尚な芸術として崇拝されてきたものを激しく嘲笑するがゆえに、G・G・Lによって「芸術破壊狂」（Vandalismus）として指弾された。そのG・G・Lの批判のもう一つの対象となったのが、ルー・メルテンだったのである。

G・G・Lは、一九二一年五月二〇日付の『ローテ・ファーネ』に掲載された「芸術と史的唯物論」（*Kunst und historischer Materialismus*）と題する論説で、出版されたばかりのメルテンの『芸術の本質と変化についての史的唯物論』を取り上げ、機械技術によって芸術表現が貧困になったというメルテンの見解を批判して、「最近の資本主義時代における造形芸術の荒廃の責任は機械にあるのではなく、機械による労働者の資本主義的搾取のシステム、労働するものを彼らの製品から切り離す――それも生産のみならず消費においてもそれらの製品から切り離す――システムにあるのだ」と述べる。さきに引用したゴシック建築についてのルー・メルテンの考察は、じつはこのG・G・Lの批判に答えて書かれたのだが、そのメルテンの関心はむしろ、G・G・Lの言う資本主義的搾取のシステムが芸術表現に関しては具体的にどのような表現形式上の変化をもたらすか、ということに向けられていたのである。たとえば、炭鉱における機械化は、炭鉱労働者の労働形式に決定的な影響を及ぼした。それを橋本英吉は作品のなかで具象的に描くことがなかった。だが、機械化は、文学・芸術表現者の労働においては、表現技術の変化を、延いてはまた表現形式の変化をもたらす。その変化は文学・芸術作品のなかに姿を現わさざるをえないのだ。ルー・メルテンはこの変化を歴史的に明らかにし、それによって、ますます進行する生産の機械化のなかで文学・芸術表現がどのような困難と可能性を発見しうるのかを、模索しようとした。彼女のこのモティーフは、『形式／芸術の本質と変化』あるいは『形式と芸術の本質と変化』という彼女の主著の表題にも示されている。だがG・G・Lは、手工的技術にせよ機械的技術にせよ、技術的要因が文学・芸術作品の表現形式にとって重要な、むしろ決定的な意味を持つことには触れぬまま、社会のシステムが芸術表現にとってもまた本質的な決定要因であるという一般論に終始したのだった。

このG・G・Lの見解は、「描かれる内容が作品の形式を規定する」という芸術・文学の表現についての擬似マルクス主義的理論と軌を一にするものに他ならない。ドイツ共産党によって領導されたドイツのプロレタリア文学運動も、日本共産党がもっとも大きな主導権を握った日本のプロレタリア文学運動も、各国の運動の世界的連携組織としての「国際革命作家連合」（MORP）も、「形式に対する内容の優位」という原理に依拠したまま、文学・芸術の表現形式についての考究と討論を深めることがなかった。のちにスターリン体制のなかで本格的に展開される「形式主義批判」は、こうした前史の歴史的帰結でもあったのだ。

表現形式を問題とすれば必ず避けることができなかった

であろう機械的技術の影響との対決も、機械的技術に抗して、あるいは機械的技術を活用して、表現形式をいかに豊かにしていくかという課題の提起も、プロレタリア文学運動によってついになされることがなかったのである。これは、炭鉱労働者を描く文学表現が一九三〇年代になってもなお機械化された炭鉱労働を描かぬままに終わったのと同じように、現実からの疎遠さを物語るものでしかない。ルー・メルテンの問題提起に関心をいだき、「実用芸術」についての彼女の提言を実践に生かしたのは、プロレタリア文学運動ではなく、むしろ「バウハウス」の表現者たちだったのである。

だが、もしもプロレタリア文学運動が現在の目でメルテンの試行を見るとすれば、彼女の「実用芸術」がエルンスト・ブロッホの「目的形式」（Zweckform《ツヴェックフォルム》）を思い起こさせることに気づかざるを得なかっただろう。ブロッホは、まだ世界大戦のさなかだった一九一八年夏に刊行された彼の単行本第一作、初版『ユートピアの精神』（*Geist der Utopie*）の冒頭で「目的形式」に言及した。そこでは、この概念は考察の対象である一つの「古い壺」を特徴づけるためにたまたま使われたというだけのような印象を与えたのだが、五年後の一九二三年に全面的に改稿して出版された第二版の『ユートピアの精神』では、この「目的形式」という概念が主要テーマの一つとして詳細に論じられたのである。ブロッホの言う「目的形式」とは、作品が作品そのものとして美的な価値をもついわゆる芸術作品とは異なり、何らかの使用目的のために制作される作品がその使用目的に適しているがゆえにもつ美的形式のことである。例えば生活の必需品として飲み水を入れておくのに使われた壺（水がめ）には、水を入れておくという目的と切り離すことのできない美しさがある。これについて論じた一章をブロッホは「装飾の産出」と題した。生活上の必要に応じた使用目的をもつ作品のこのような美的形式こそは、まさしくルー・メルテンが提起した「実用芸術」そのものだった。両者の思想的・理論的模索が、日本でほぼ同時代に追求された「民芸」運動とも関連していることは、容易に理解できる。こうした共通の認識と実践を生んだ歴史的・社会的現実、資本主義社会の機械的生産技術が芸術表現の形式上の変化や危機となって現われる現実のなかで、ルー・メルテンは、いわば、この現実そのものを根底から変革するという目的にふさわしい美的形式をもつ「実用芸術」の産出を、プロレタリア文学・芸術運動に求めていたのである。

ルー・メルテンのこの要求を、もしもプロレタリア文学運動が直視していたなら、文学・芸術における表現技法と表現形式をめぐる諸問題をさらに具体的に論議する手がかりが得られていたかもしれない。だが、ルー・メルテンは、ドイツの運動のなかでは異端者にとどまった。日本語に訳された彼女の著作も、日本のプロレタリア文学運動のなかで充分に討論され実践的に生かされることがないまま、一九三〇年代半ば以後は、崩壊したプロレタリア文学のかつてのメンバーたちとともに、大東亜戦争のなかへと姿を消していったのだった。

追記：本稿は、在日ドイツ人文学者エーバーハルト・シャイフエレ（Eberhard Scheiffele）氏の早稲田大学定年退職を祝う記念論文集《*inter*》（Verlag iudicium, München 2012）のために書いたドイツ語の論文に加筆その他の変更を施して日本語版としたものである。

『青年の環』と反原発文学

野崎六助

「おい、六助。おまえ、反原発文学のアンソロジーをつくりなせえ」

某夜、このところ地震男の異名をとるらしいＩ師が、やにわにオレに向かって言うのだ。酒席のＩ師はいつも、オレに無理難題を要求してくる習癖がある。それも、酔眼朦朧としてくる寸前くらいの絶妙のタイミングに仕掛けてくるのだ。シラフの時やナマ酔いの時に話をきりだすと、オレがとんでもない早合点をして安請け合いするのをよくご存知だからだろう。心憎いばかりの気配りである。よって経験上、こちらもだいたいテキの出方が読めてきているから、そろそろ来るなと予感がはたらく。その夜も焦ったりはしなかった。

間髪いれずに答えを返した。「そんなもん、ありまへんで。大本営発表の放射線数値といっしょ、ナッシングや。ナイもんで、どうやって選集なんて編めますねん」。厳しく打ちかえすと、さすがのＩ師も二秒ほど反応が遅れた。といって無理難題（あちらにすれば、ソフトな依頼なんだが）の無体さを悟ったわけでもないだろう。オレの感覚から測るとほとんど即座に立ち直ってきて、のたまう。「ナイはずはない。おまえ、隠すな」。（ヒトを東電みたいな言い草ではないか）。しかし挑発に乗るわけにはいかない。「も一度いう。ナイもんはない。それが三・一一以前のわれわれの文学の貧しさだ」。口に出してから悔やんだ。悔やんでも遅い。テキはこちらのミスショットに乗じて、やはり、打てば響くの勢いで来た。「ならば、その貧しさを告発しなせえ。やりなせえ」。風向きがよくない方に変わりそうだった。ラリーがつづくと、必ずオレは言い負かされてしまうだろう。

スタニスワフ・レムに、存在しない本についての架空書評を集めた『完全なる真空』とか『虚数』とかありますよね、と話を逸らそうかと迷ったが、浅学非才のもの哀しさ、それでは余計に逃げ道を喪ってしまいそうだ。仕方がないので、レムからの連想で『時間はだれも待ってくれない21世紀東欧SF・ファンタスチカ傑作選』の一篇、ベラルーシ作家アンドレイ・フェダレンカ「プリャハ」の話でケムに巻くことにした。だが、どうせ酔っているのだから、細部は端折ってもよかろうと見当をつけたのが間違いで、書名、作品名、作者名、すべて消えうせていて出てこない。いや、そこは酔漢同士の大らかさがはたらいて、アレ・ソレ・ソウソウ・ウンウンなどと、すっかり通じ合ったような成り行き。チェルノブイリ以降も人類は生き延びてきた、という話である。まあ、その意味では、この国の文学の行方も、フクシマ以降の小説に期待する剰余はあるなどと、とにかくそんな平穏な結論に落着した某夜であった。

と、ここまでがマクラ。

戦後文学最大の作品『青年の環』は、岩波文庫版もあり、まだまだ読まれているだろう。といっても、この小文は、全八千枚の超大長編をまだ読破していない者を遠ざけるものではない。読んだこともなく、また将来にわたって読まないだろう者にも配慮して書いていく。だが、読む気をかきたてるための論述ではないから、多少は愛嬌に欠けるところもあるだろうが、まずは、ざっとどんな小説世界であるのか、最低限の予備知識から始める。

小説の舞台は、一九三九年の三ヶ月。大東亜戦争と呼ばれる戦争状況が日米開戦へと突きすすんでいく前夜。場所は関西、大部分は大阪である。大阪市役所に勤める矢花正行、その友人で無為徒食の大道出泉。二人の青年を中心に多くの人物を配す。矢花のまわりには、部落解放同盟の闘士たちがいる。一方の大道は資本家の息子で、共産主義運動の前歴を持つが、性病に犯されニヒルに傾いた日常を送る。大道の友人に、片足の不自由な被差別部落民田口吉樹がいて、ストーリーの要となる。彼は他人の弱みにつけこむ小悪党で、大道を窮地に追いつめる。矢花の陽にたいして大道の存在は闇。戦時下社会と部落差別とは、この小説の二つの大きな外枠である。と、従来は読まれてきた。

大長編ではあるが、ストーリーを取り出してみると、それほどの起伏はない。枝分かれしていくエピソードは数多くても、基幹の流れはシンプルだ。ひたすら長大化していくのは、場面場面が異様に拡大され、描写が部厚く塗り重ねられ、人物が長々と会話することの結果だ。人物は、野間の初期作品のおおかたがそうであるように、「歩く人」

だ。絶望と苦悩に引き裂かれ、どこまでも歩く。まるで交通機関のない時代の人のように歩きに歩く。じつによく歩き、そのゆったりした移動形態に準じて、描写も静止画の連続を映すかのように遅々としている。よくいえば綿密丁寧、悪くいえば冗長放漫である。屋内で対座すれば人物たちは語って語って飽きることがない。「歩く人」か「喋る人」かの、どちらかだ。人物たちの運動エネルギー量は、最終巻を除いて、ごく慎ましい少なさなのだ。

青年たちがどこまでも歩いて移動し、語り明かしてやまない場面構築の作法は、『青年の環』にいかにもふさわしい。こう書くと未読の者をますます遠ざけるかもしれないが、この鈍重無粋ともいえる作者の怪物的な執拗さは、作品としてのプラス価値なのだ。ここに囚われた時、読者は、人生そのものを数倍に拡大し別時間によって支配されるかのような小説世界に埋没し、そこから逃れられなくなるのだ。

『青年の環』は、野間の第一作で戦後文学の伝説の一つともいえる「暗い絵」の拡張長編版として書きはじめられた。数年にして中絶した。現行本では、この部分は、第一部・第二部（単行本版　第一巻）にあたる（なお、この記述は河出書房版の単行本、全五巻を基にしている）。ストーリーの発展がなく、時代背景の塗りこみも不足し、主要人物は躍動にいたらないまま、ただ悶々とするばかりだ。

再開されたのは十年ほどの後、六〇年代に入ってからだった。再開されてからも作者は苦しみぬき、完成までさらに八年を要した。完結まで二十数年というのが『青年の環』の記録だが、第一部・第二部の徹底改稿を考えあわせると、この作品は六〇年代の全般にわたって書きつがれた作品だとするのが妥当だろう。この歩みは野間の個性にふさわしく悠久としているが、他の戦後文学者たちとも大まか重なる軌跡だといえよう。

わたしが最も撃たれたのは、最終巻における大道の大長征ともいえる、破滅への行動だ。彼は相変わらず歩きまわるが、行動の目的が拡がったこともあり、電車を使いタクシーに乗っての移動も併用していく。たらふく酒を飲み、自らの暗い暗い投企に向かって、ゆっくりとそれは気の遠くなるほどゆっくりと突きすすむ。物量だけなら数百ページといったところだが、彼の移動は数ミリ刻みにしか実現してこないのだ。最後に彼は、最終目的地である被差別部落の闘争現場（そこには矢花が同士たちと待機している）に、その梅毒で黒ずみ酒やけで真っ赤に染まった顔で現われる。その時、『青年の環』の全空間・全時間は破滅を前にした大道という存在のうち収斂されてくるのだ。

一般に、小説とは、人物を描写し、その人物像を矛盾なく読者に手渡す形式であるとみなされている。しかしそれは経験則であっても、必ず遵守されねばならない公理ではない。作者が作中人物とともに成長するというパターンは、自己形成小説という確たるジャンルに明らかなように、広く普及している。しかし、作者が作中人物とともに破滅を選ぶ（これは自己形成の逆過程だと理解できるだろう）作品は特殊であるのみでなく、制作にはいちじるしい困難がつきまとう。早い話、わが私小説の風土においては、作者が実生活のうえで真っ先に破滅してしまう実例がじつに多いのだ。それが普通だとみなされている。作者の実人生が破綻すれば、その破滅相は余人には、文学作品よりもよほどわかりやすい。小説を読む面倒よりも、ゴシップを見物するほうが面白いのは世の習いである。

　破滅像を呈示する、より厳密にいえば、破滅に向かって転落していく連続性をプロセスとして説得的に（実人生以上のリアルさで）呈示すること。こうした強靭な形象は、日本文学の伝統に希薄だったというだけでなく、作家としては危険な冒険に属する。『青年の環』の二十数年、とりわけ最後の数年の苦闘のおおかたは、そこにかかっている。

　梗概はここまでとし、そろそろ本題に入ろう。先に『青年の環』の二つの柱は、戦時下社会の青年像と部落差別である、と記した。これは一般的にそう解釈されていたという意味であって、正解ではない。これでは、不充分かつ一面的なのだ。不充分かつ一面的な読解では、間違っているといっても過言ではない。この読みそこねにたいして、もう手遅れではあっても、作者に深く謝罪せねばならないと衷心から想う。

　『青年の環』の物語には、もう一つの、三つ目の柱がある。それは、電力事業の国家的再編成である。戦時下、電力エネルギー事業は統制経済の国策によって強権的に再編成され、以降、占領体制下に紆余曲折はあったが、九（十）電力の地域ブロック分け寡占体制として確立された。この過程は「無傷に」連続している。敗戦と占領を経ても断絶をみていないのだ。この点に注意しなければならない。今日の原発大国化の歴史的要因をさかのぼって考えていけば、起点の一つは、戦時下の電力事業国策化にあることは瞭然なのだ。この制度化は、一九三八年四月に、国家総動員法とともに実現にいたった。『青年の環』は、これを小説の一背景として使った。のみならず、物語の根幹に、エネルギー政策の非常時的転換（と、それへの抗議）を打ちこんでみせたのだ。

　小説において、この事業の中心に関わるのはニヒリスト大道の父親大道敬一だ。彼の役職は、電力会社の支社長となっている。大道の心に巣食うニヒリズムの影、体内を蝕む性病の毒、資本家の父親への反抗といったイメージは、小説の前半では概念的な域にとどまっている。それに具体的な肉付けを与えるものこそ電力だった。彼の父親が関わり、呑みこまれていく電力の統制経済化。その中枢にこそ、彼の破滅はまっすぐに進撃していかねばならなかった。大道は最終的に恐喝者田口と刺し違えて自決することを選ぶが、それは父親と父親の体現する権力機構への絶望的な決起でもあった。父親に配された国策電力会社体制への捨て身の「自爆攻撃」に他ならない。そう読むことが『青年の環』の深奥に達する通路なのだ。

いや、結論を急ぎすぎた。

大道敬一の仕事が明らかになるのは、第二部（第一巻）の後半である。大道の家の兄妹、出泉と陽子の会話をとおして、父親の仕事の困難が語られる。それを要約すると、以下のようになる――。天候が異常渇水にみまわれ水力発電では不足をきたす状況だ。敬一は電力の国家管理に反対してきたが、会社のしがらみに押されて、国策化に動かざるをえなくなる。だが発電マンとしての彼の衿持は、水力から火力への転換という方針に活路を見い出しているようだ。

そして次の章では、父子の対決の場面となる。

この二つのパーツは中絶した段階での初刊の第二部にはなく、再開されたさいに加筆されたものだ。ここに注意するべきである。大道がたんなる金持ちの子弟の徒食者という設定のみでは、小説世界は動きようがなかった。「電力エネルギー」を注入することによって、初めて大長編はエンジンを吹きかえしたのだ。『青年の環』は電力小説である――。笑いを取っているのではない。「三・一一」以降の呆然自失のなかで、いくつもの試行錯誤を重ねるうちに、わたしが発見した燭光の一つが『青年の環』のどす黒い闇の奥底を照らす電力エネルギーの焔だった。この発見がなければ、わたしの現在は、いまだ闇の悪迷路であるばかりだったかもしれない。大道出泉は自身を汚濁にみちた存在と定義するにいたる。汚濁の中枢に居すわっているものこそ――電力、国家統制に再編成されつつあった一九三九年段階の電力エネルギー体制だった。その疑いようのない具体性によって、彼の「自爆攻撃」は、遠くわれわれのもとにまで輝ける破砕をまたたかせてくるに違いない。

最終章、彼は矢花に向かっていう。

俺のこの、くさりやぶれて行く体のなかに身をおいて生きて行こうと心に決めた時、はじめて、俺にはいろいろのことが、見えてきたのや。俺の親父のことも、田口のこともな。いずれも、汚穢のただなかに身をつけている人間なのや。しかも自分自身では少しもそれを知りはしないのや。

しかし俺は彼等が汚穢のなかに身をつけている人間であって、しかもそれを知ってはいないことを、彼等に知らせてやらなければならんのや。それが、腐り、敗れて行く体のなかに身をおいてからに生きて行こうと心にきめたものの、すべきことなのや。（中略）

しかしやな、俺は俺のまわりが、これまで、汚穢のものだけによって取り囲まれているのを明らかにするのが、余りにも遅かったように思うよ。ほんまに、そいつは、余りにも、遅すぎたよ。しかし俺はその俺のまわりの一人一人に、一人一人がみな、俺のように腐り、敗れる身のなかに身を置かんことには、ほんとうに生きることも死ぬことも出来んのやということを教えてやれる。この身をつきつけることによってな。

こうして、作者は、電力エネルギーの国策的再編成を小説世界の根幹に組みこむことを強行した。この深部を読み取ること抜きには、『青年の環』の読解は成り立たない。遺憾なことに、しかし、この深部に着目した同時代の批評はまったく現われなかった。『青年の環』は、どこまでも戦時下の社会的青春小説であり、部落差別の問題に切りこんだ小説である、とされている。剰余はない。それが定説だった。

大道敬一という人物は登場も少なく、その内面を展開されることもない脇役だ。また息子の仮借ない批判的観点から語られる部分がほとんどなので、電力会社幹部というその公的な仕事にまで読者の関心を導きにくいことも確かなのだ。息子は、父親が多忙な社用を口実にして外に多くの情人を囲っている、と疑う。その一部は真実なのだ。また出生に関する秘密は、父親への反抗の大きな動機でもあった。であるから、以下少し、小説の該当箇所そのものに語らせる形で、この物語の柱を明らかにしていくことにする。

第三部（第二巻）第二章に、前巻につづく言及がある。敬一は苦境に立たされている。火力発電への切り替えにも、燃料である石炭の確保がうまくいかない。責任は、新会社の関西における支社長である敬一に問われている、と。以上は息子の想念をよぎる考えだ。少しページをおいて、父子の語らいの場面がくる。コーヒーを飲みながらの長い場面で、話題もいろいろと移ろう。父親は、若い時に手がけた発電所工事の昔話に興じたりもする。息子の反応は冷ややかなものだ。父親はそして、統制経済を受け入れねばならないことの正当化を語る。それは「民有国営」というスローガンにまとめられる。息子は、そんなもの《別に親父の意見でも何でもなく、電力界が軍部と官僚におされて最後にとりあげた意見にすぎない》と思う。

第四部（第三巻）第一章では、尼ヶ崎の火力発電所に事故が起こり、敬一は収拾に奔走させられる。これも息子と母親との会話をとおして語られるのだ。《……それは、それは……出泉さん、電気の事故、発電所の故障というものがどんなに恐いものかということは、あなたも父さんの子供でいままで何度もぶつかって……》という母親の愁訴を息子は聞き流す。事故対策は抜かりないというのが親父の自慢だったことを、彼は侮蔑まじりに思い浮かべるのだ。しかし、事故は軍需工場の停電を引き起こし、軍部の圧力を強める結果になる。敬一は石炭の品質に問題があって、事故を予測していたともいう者も出る。こちらの助言を発電所側が受け入れなかったことが原因で起こった事故だ、と。これは、支社長の下についた部下の証言なので、息子はかなり割り引いて受け取っている。彼の敵意はなにものによっても薄められない。この種の問答は、第五部（第四巻）第三章にも、敬一を持ち上げる証人を変えて現われてくるが、新展開はみられない。電力会社への不信は、彼の存在にとって絶対的なものなのだ。

ただ、これらのシーンをいわゆる「電力マフィア」の生態を活写した先駆として読み取ることも出来ないではない、と付言しておく。

それと関連する回想シーンが第六部（第五巻）第一章に出てくる。高校生のころ発電所の祝賀会に父親に連れられて行った思い出だ。酒席の場面に唐突に挿入される回想だが、発電所への言及がまとまってみられるのは、この最終巻の前半が最後となる。――こうした例示のみで終わっては、まだおおかたの読者の不審はきれいには晴れないであろう。背景となった時局が少しばかり挿入されただけといった印象を打ち消すのは容易ではあるまい。あまりに超長大な小説なので、部分的に不注意からくる読み落としが起こるのは避けられない。細かい読み落としが生じても全体の小説世界への評価は変わらないといった通念が出来上がってしまうのだ。

物語への有機的関連という意味では、主人公大道を襲う汚穢の意識以外は、人物の内面にまで突き立ってこないのだから――。

次に引用するのは、第五部（第四巻）第三章の一節。

とはいえ、この時、この古い町は、すでに長年の間つづいていた封建的なともいえる酒造資本の支配からようやく脱して、さらに比較にならぬほど規模の大きい、電力資本と電鉄資本の支配の下に組み入れられようとして、動揺しつづけている時であった。この町の小さな漁師の家の並んでいた浜辺に突然大煙突のつき出ている発電所が出来、漁師たちの漁場が買い取られ、浜辺の広大な畑地、荒地が発電所の所有になり、そこに石炭荷揚げのための運河が開かれ、さらに社員住宅が建てられ、浜の漁師の子弟と農村のうちの限られたものが発電所につとめる臨時傭いとなり、月々の給料を家庭に入れることの出来る身となった。

発電所建設によって電力資本が落した資金がこの町を変える根本原因の一つとなったが、発電所が出来てここに移り住むようになった人たちが、この町に日々消費する金額は急速に増えて行き、それはこの町の姿を変えるのにさらに拍車をかけたのである。

発電所と電鉄会社に開発され、郊外の地がカンパニー・タウンとなる。これは一地方の近代化の必然性を説明しているのだろうか。しかし、海辺の古い町が発電所資本によって大掛かりに再開発される様相は、今日の原子力エリアの変容とあまりにも酷似している。差異はもちろんあって当然だが、共通要素が一九三九年の社会と似ていることに打たれる。とはいえ、この部分は作者によるナレーションであって、外から継ぎ足したものだという反論はありうるだろう。その点は、あえて否定しない。支配構造の頂点たる電力資本と被差別部落の問題の絡まりがもっと強固であれば、不注意な読み落としは生じなかったという異見もあるだろう。それについても認めざるをえない。だが、どちらも派生的な否定論にすぎない。

まとめよう。『青年の環』に描かれた電力問題について、積極面は二点ある。一は、当時の電力資本の国家統制の一面を小説に再現し現在に通じる根本問題を提起したこと。発電所町の起こっていく風景をナレーションで挟んだところはその付録のようなものだ。二は、主人公の破滅をとおして戦時戦後を一貫してすり抜けた電力資本による支配構造をシンボリックに暗示したこと。

大道出泉は父親を「民有国営」に妥協した弱腰の企業家として侮蔑する。息子の公平なものとはいいがたい感情をとおして、作者は、正確に本質をつくことに成功している。一九三九年、電力の発電と送電を一元化する国策会社として日本発送電がスタートする(小説においては「新会社」とだけ書かれている)。自由競争のもとにあった電力事業は、軍部と革新官僚によって主導される国家の統制化に入った。つづいて配電事業も統制対象となり、一九四一年八月に全国九ブロックの配電会社が統合再編された。二段階で統制は完了したのだ。『青年の環』が描くのは、そのうち、発送電が国策会社に統合された三九年の状況にかぎられるけれど、すでにレールはその時点で完成していたとみなせるだろう。戦後、占領軍統治のもと、独占企業体としての日本発送電は解体させられる。だが、九の地域ブロックは「民営」という位置づけで残り、あまつさえ、配電事業に加え発電送電事業をも手に入れた。何のことはない、地域を分割し合った複数の独占企業体が延命したのだ。原子力の平和利用が本格化するより以前に、それを推進する電力資本の支配体制は整っていたのである。民営への移行が電力への国家統制の撤廃だったとは評価できないだろう。民営システムに過度の幻想をいだく歴史評価は誤りだ。統制経済は九電力体制（現在は十電力）の形をもって連続している。原子力ファシズムという定義が真であるなら、その発祥は戦時下に胚胎し、軍部と革新官僚の専横は形を変えて今もつづいているのだ。

その酷薄な支配システムの貫徹は、「三・一一」以降、この国の人びとがさんざん直面させられた光景ではないか。『青年の環』に描かれた大道敬一の苦闘と、それを汚濁のほうに増幅させた息子出泉の決起とは、支配システムが戦争という大義に隠れて整備されていく黎明を映しだす鏡像であるだろう。

事故後に書かれた佐高信『電力と国家』には、当時の革新官僚奥村喜和男の著書『電力国策の全貌』（一九三六年）が紹介されている。水力から火力へ、自由競争から国家統制へ、という声高な主張はそこにも明らかだ。奥村には『電力国営』という著書もある。この革新官僚は数年の後に情報局次長として文学報国会の設立に関わっているので、文学史の分野でも知名度の高い悪役《ヒール》なのである。この人物の文献を調べていくと、「国民的見地から総合計画を――原子力産業開発への直言」なる雑誌発表の文章を見つけた。日付は一九六五年だ。戦時下の電力の国家統制と戦後の原子力政策と（ついでに、文学の戦争責任の問題も）を関連づける興味深い個人名である。

大道は、彼自身が明確に吐露したように、こうした電力資本の中枢（その身内）に黒々と咲いた悪性腫瘍に他ならない。作者の当初の構想にあって、その獅子身中の毒虫たる位置づけは、確固としたものだったと思われる。だが、その論理のみでもって、豊かな創作が保証されるものでないことはあまりに自明だ。作品再開から完成までの苦闘の八年余は、作者が愚かにも映る鈍重さで、その困難を正面突破していったところの、ある者らにとっては非文学の極みとすら敵視された戦後文学精神を鮮やかに体現した、壮烈な軌跡だった。

その完成から、すでに四十年余が過ぎ去った。すでに書いたように同時代の「『青年の環』論」は、決して行き届いたものとはいえない。野間宏だけではない、椎名麟三も、武田泰淳も、戦後文学の中心的な書き手たちは、充全な理解に恵まれているとは、わたしには思えないのだ。一時代の栄光は手にしたにしろ、理解されなかった一面を多く残しているような感慨にとらえられる。今さら別に感傷にひたるというわけではなく、さらにもっと多面的な照明を彼らに当てるべき好機が到来しているということかもしれない。

ただ「三・一一」後、野間文学の重要性の再検討を少なからず耳にしていることも確かなのだ。戦後文学の全般ではなく、野間の特に後期の地球環境問題への精力的な関心に学べ、という声だ。野間の試行を今日の観点において引き継がねばならないという真摯な動き。これは確かに、未来へつながる一つの可能性であるだろう。だが、それを『青年の環』の再読み替えの議論とつなげていくには、まだ埋まらない断層があると思われる。

後期の結実として、マニフェストともいうべき『新しい時代の文学』（八二・九）、『野間宏作品集14　人類生存の危機と文学』（八八・一二）、没後刊行の未完の長編『生々死々』（九一・一二）、没後刊行の対談集『天の穴、地の穴　野間宏生命対話』（九一・一二）、未完の中編と短編を収録した『死体について　野間宏後期短編集』（一〇・五）、その死まで連載をつづけた大部の『狭山裁判』などがある。しかし、これらは、巨人の晩期の仕事にふさわしい巨大な質量を保ちえているだろうか。あるいは、不可避の衰弱はこの作家をも残酷に捕らえてしまったのだろうか。

後期の仕事の公正な評価のためには、野間が終生追いつづけて放さなかった全体小説理論がいかに発展されたかという観点が必要だ。全体小説論は、環境汚染問題を追及するに足る大小説を彼に書かせることが可能だったのか。後期に未完のまま投げ出された長編をその回答と受け取るのは酷薄すぎるかもしれない。彼が断片を示すのみで、後を後代に託した（形になる）問題意識はあまりにも広く、あまりにも多い。

一九七九年のスリーマイル島の原発事故にさいして、いち早く反応した文学者は野間だった。その時の短いエッセイが「原発安全神話の崩壊の年」である。そしてチェルノブイリの事故が起こった時、野間は、彼が描いた尼ヶ崎火力発電所事故の光景や、発電所町として開発されていった一地域の情景を思い出しただろうか。それらを、すでに先取りされた反原発小説のワンショットとして、錯綜した感情とともに蘇えらしたのだろうか。

反問は、そして、今日のわれわれの背にゆだねられる。

◎書評

『ミステリで読む現代日本』（野崎六助著）

谷口　基

　本書は長きにわたり「ミステリ」を通じた社会・文化批評の論陣を張ってきた野崎氏の、最新の長編評論である。そのテーマはタイトルにも端的にあらわされているように、「ミステリを通して現代社会を考える試み」である。構成は以下の通りだ。

0章　AB—CD殺人事件
01章　小説は戦争に向かって欲情する
02章　壊れる人びと
03章　パノプティコン——流行する警察小説
04章　市民小説への道
00章　「九・一一」から「三・一一」へ

　野崎氏のミステリ評論の大きな特徴であり、同時に最大の魅力ともいうべき要素として、ジャンル意識を脱した広範な視野を基底におく論旨の展開が挙げられる。換言するならばそれは〈従来ミステリの範疇に入らない作品をミステリとして論じる行為〉のことであり、大著『日本探偵小説論』（水声社）刊行前後から、ミステリ愛好家たちの間でしきりと批判の的とされてきたスタイルでもある。評者はかつて、このスタイルを全面的に肯定し、その姿勢を高く評価してきたが、本書を読み進む過程において、以前には感じられなかった違和感にとらわれた。

　各章における試みは、時を得た明瞭な目的意識に支えられている。0章ではポストモダニズム的ミステリ批評の行詰まりを指摘し、01章では九〇年代以降のミステリに描かれる「戦争」の変容を辿り、02章では尖鋭化を志向しすぎて「壊れた」ミステリ・ジャンルを批判し、03章では盛況をきわめる「警察小説」のシビアな分析を行い、04章では「市民」の立場から犯罪と法を逆照射する新ジャンルを〈発見〉し、00章では「誰もが書き急いでいる」3・11をミステリの側面から歴史的に総括すべき試みの序曲が奏でられている。

　二十一世紀もはや十年を過ぎた現代日本の世相、人心、社会構造の忌まわしく微妙な変形をとらえるべく、野崎氏の闊達な筆は縦横に飛ぶ。そこに引用された驚くべき広範にわたる「ミステリ」の数々にまず、読者は瞠目するだろう。しかし、「何かがくいちがっている」。その理由はふたつあると思う。

ひとつめは全六章、各章の緊密度が捉えにくい、ということだ。たとえば野崎氏は「はじめに」において記している。

0章は、準備段階として、近年の議論によって明瞭になってきた原理論をまとめてみた。ミステリにあまり馴染みのない読者には愉しめないかも知れない。飛ばして先に進んでもらってもかまわないが、いくつかの布石は施してある。とくに04章4との関連で〈二度読まれる〉ことを想定した章である。

同章においては主として、バイヤールによる古典ミステリのパロディ的批評（クリスティー、ドイルらの古典的名著を本歌取りしつつ、原典では名指されなかった「真犯人」をテキスト論に基づいてつきとめるという試み＝ポストモダン的「再読」）を紹介し、ミステリに対するポストモダニズム的批評の限界について論じている。同時期に刊行された笠井潔『探偵小説と叙述トリック』（東京創元社）でも採り上げられたこのテーマは、野崎氏の要領を得た筆致と説得力ある分析で、なかなかに読ませる一章を構築し、「愉しめない」などという批判はあたらない。

だが全章を読了したのちに、同章の役割とははたして何であったのか、と顧みると、困惑せざるを得ないのだ。0章の断ち切ったような終わり方は、次章以降へ架橋されるはずの本書総体に関わる大きなテーマについて、読者の意識を牽引していく道をも断ちきってしまっているかに思われるのだ。野崎氏が示したように、0章が04章4の布石であるとするならば――すなわちポストモダニズム的ミステリ批評ならびにそれを許すミステリ・テクストへの批判と、現代日本における犯罪・報道・裁判から紡ぎ出される言語空間との関係性を対照させていくという図式が本書の要諦であるとすれば――評者のごとく凡庸な読者には、その画期的な図式があいにくときわめて見えにくくなってしまっているのである。

暴論を承知で私見を述べさせてもらうならば、0章と04章4はもっと緊密に関連づけてほしかった。何故ならば04章4こそが本書の圧巻、「再読」というポストモダン的行為と、「再読」を促しつつも「再読」を遮る言説をつくりあげてしまう実在の重大事件とその裁判をめぐるおそるべき言語環境との対比がそこでは展開されるからなのだ。ここにこそ野崎ミステリ論の真骨頂があるからなのだ。

　ふたつめは、野崎氏一流のジャンル横断意識とアクロバティックな展開におぼえた一抹の疑問である。再度「はじめに」より、論の前提を確認しておく。

> （前略）本書が主要に考察対象とするのは、ミステリにおそらく限定される。ただ、通常はミステリとみなされない作品も混在してくる。とくに原則はもうけていない。また、通説との異同についても、いちいち断っていない。推理小説、もしくは探偵小説など、呼称は数種あるが、本書ではごく大ざっぱにミステリと表記する。この用語に特別執着しているわけではない。曖昧さを気取っているのではなく、ジャンル分類の崩壊もまた、本書のテーマに付随してくる。そうした条件の結果だ。

　「原則」はもうけず、「特別」な「執着」があるわけではない。つまりは、「ジャンル分類の崩壊」を「現代日本」における文化の変形を象徴するひとつの現象としてとらえることに野崎氏の狙いはある、と受け取ることができよう。これは納得できることだ。探偵小説が偏狭きわまる再編成を受け、推理小説となり、その推理小説は社会派ミステリの登場によって推理に特化された世界観を捨て、ミステリという、エンターテインメント文学を総括する存在に生まれ変わった。統合からふたたび拡散の道を選んだミステリジャンル。その不安定な変容の歴史を知悉するゆえ、野崎氏はこれに対する「執着」から意識的に距離をおいて評論活動を続けているのだ。時代とともに流動し変容するジャンルである探偵小説、推理小説、ミステリにはそもそも、原則論は無用である、と。

　しかし、凡庸なる読者である評者はあえて問いたい。ミステリという「呼称」に対してはかくもおおらかな野崎氏が、何故にミステリを批評する際の「原則」は遵守されるのか、と。

　すなわち、圧巻の04章４「「被害者の事件と加害者の事件」――光市事件に取材したミステリ作品（薬丸岳『天使のナイフ』、深谷忠記『審判』）において、「少年法」のあり方から「人間の罪と罰」といった本源的」なテーマにいたるまでのあまりにも巨大な問題に対し、創作家たちが「脳漿をしぼって」想到した結末についての紹介が〈ネタバレ法度〉というミステリ評論界の不文律によって無惨にも阻まれていることはあまりにも、惜しい。

　ミステリ愛好家は〈ネタバレ〉を忌み嫌う――これは常識である。山田風太郎『太陽黒点』廣済堂文庫版（一九九八年）の帯と裏表紙の惹句が真犯人を明示していたとしてファンの怒りを買った事件もまだ、記憶に新しい。だが、それだからこそ、原則論を批判する野崎氏には一線を越えてほしかった。

　ただしこの要望は、評者が凡庸なる読者であると同時に、野崎氏にとっては嗤うべきポストモダニストであることを証明する。ミステリとは、真犯人さえ明白になってしまえば、「再読」されることのない消費文学であるのか？　この問いに対して否を言い続け、あえておのが評論においては〈ネタバレ〉を連発し続けている評者＝野崎氏いうところの「ポストマン」は未だ消えず、今日もドアを叩き続けるのだ。

（二〇一一年一一月、青弓社、二〇〇〇円＋税）

◎書評

『「満洲文学論」断章』（葉山英之著）

黒田大河

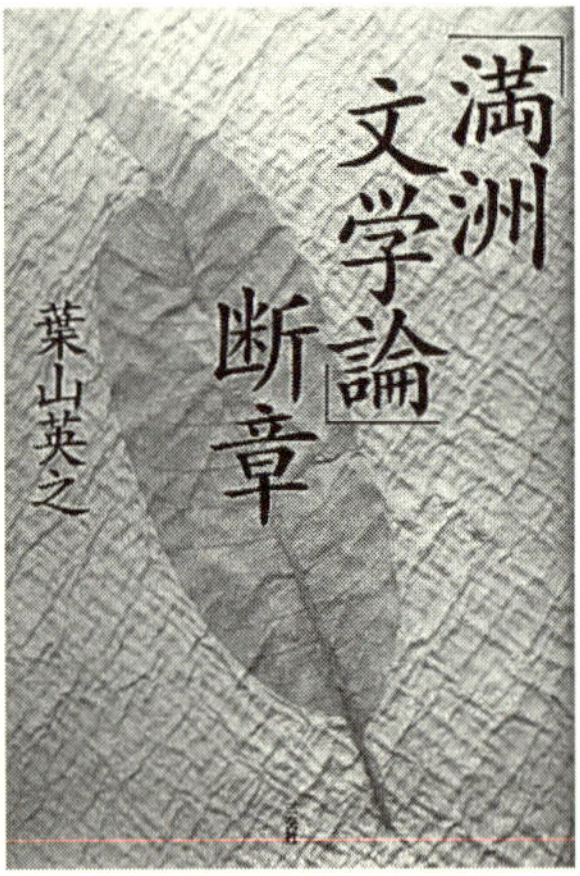

「満洲」のことを調べている、と中国人の知人に話したところ、「満洲という国はありません。中国東北部と言います」と、やんわりとたしなめられたという。著者はこのような体験から語り始める。中国の正史においては「偽満洲国」として否定されながら、引揚者の労苦や残留孤児問題などそこに関わった人々の記憶の中では重い傷跡として残されている「満洲国」。当事者のだれもが郷愁の中に遠望し、忘却の淵に追いやりたい幻影に、あえていま向き合おうとする理由について、著者は「「満洲」に大同の理想社会を実現し得たかのごとき皇道派的覇権主義に悔恨の歴史観を持ちながら、それすらも郷愁に変えてしまう時間の経過と風化のモメントを怖れるからである」と最初に明確に記している。

　「当事者」と書いたが、著者自身は直接の「満洲」体験を持つわけではない。

だが、日中十五年戦争の時代に、「満洲国」の「王道楽土」的理念を人々が自然に受け入れていたこと、また幼少期を過ごした私市《きさいち》（大阪府交野市）に満蒙開拓青少年義勇軍の訓練所（興亜拓殖訓練道場）が設けられ、国民学校四年生だったころ、自分たちとさほど変わらない少年たちが出征する様を歓送した思い出が、記憶の中に澱のようにとどまっていることを「おわりに」で語っている。彼らはいったいどうなったのだろうか、そのような思いからフィールドワークを試みたこともあったという。だが、当事者の口は重く、共有すべき体験は容易に語りえないことを痛感する。

それならば、文学という切り口から「満洲」の精神史を探ってみたい、というのが本書のモチーフである。著者自身「好事家」と自嘲するように、それは容易な作業ではあるまい。だが、「断章」と控えめにしるされた書名とは裏腹に、「満洲」の幻影に立ち向かおうとするドンキホーテにも似た試みは、紛れもない労作として提起されたのである。

本書はⅠ「空白時代への助走」、Ⅱ「文壇作家の中国認識」、Ⅲ「占領下・中国東北部の近代文学」、Ⅳ「在満日本人の文学」、Ⅴ「流氓の文学者」の五章から成っているが、特にⅡ、Ⅳ、Ⅴ章を興味深く読むこととなった。

むろん、Ⅰにおいて概括される辛亥革命以降の中国の文壇状況（五・四運動以降の『新青年』における胡適などの文学革命が祖述される）や、Ⅲにおいて詳述される淪陥期東北地方における抵抗作家たちの在り様についても、「満洲」の幻像と表裏をなす現実として、重要なことは言を俟たない。蕭軍《スージュン》、蕭紅《スーホン》、袁犀《ユエンシー》、疑遅《イーチー》、古丁《グーディン》、爵青《チュエチン》らの軌跡と作品の紹介から学ぶことも多かった。例えば大東亜文学者会議に参加し東亜新秩序を寿ぎながら、面従腹背の創作活動を続けた古丁の原点として、左翼主義運動からの挫折体験を置く見解。特に「小巷」（『明明』、一九三七年七月）を「「満洲」の廃墟に踏み込み、自ら民衆の側にいて現実を捉えようとしたありよう」と読む点、「漢奸」という作家像を訂正させられる。「満洲国」崩壊後、文学上の僚友だった古丁にさえスパイ嫌疑をかけられたという爵青の実像など、なお追究して欲しい思いも残るが。

Ⅱ章で扱われるのは、夏目漱石「満韓ところどころ」（一九〇九）、与謝野寛・晶子『満蒙遊記』（一九三〇）、谷譲次「安重根―十四の場面」（一九三一）、室生犀星『駱駝行』（一九三七）、島木健作『満洲紀行』（一九四〇）の諸作である。満鉄の設立以来多くの作家が「満洲」へと旅するが、多くは満鉄に招かれ「満洲」政策の宣伝という色彩を持った旅行だった。著者は先鞭をつけた漱石の紀行文に内在する植民地主義を批判した上で、それぞれ時代の節目と切り結んだ表現者を選択している。奉天で張作霖爆殺事件と遭遇した鉄幹・晶子、ハルビンでの伊藤博文暗殺を戯曲化した谷譲次、満洲事変後の異郷を見た犀星、日支事変後の開拓地を視察した島木健作という具合である。

　後半で論じられる植民地と深くかかわった作家たちも同様だが、著者は「満洲」体験前後のその作家の作品史全体の評価を踏まえて作品を読む。専門的には暗黙の前提となるような部分にも言及しながら、市井の読み手らしい焦点を結ぼうとするところが著者の持ち味なのだ。例えば谷譲次に関しては、「めりけんじゃっぷ」ものから『踊る地平線』（一九二九）に至るインターナショナルな視角を確かめ、谷譲次はハルビンを訪れた際に満鉄社員から取材した事実を安重根像に練り上げ、民族主義者としての実像や抗日の英雄像から離れた「不合理な否定によって未来を主張する」テロリスト像を作り上げた、と論じる。カミュの『正義の人々』やサヴィンコフの『テロリスト群像』のモチーフと結んでみせる手つきは、長く演劇に携わってきたという著者の個性が強く感じられる部分である。

　Ⅳ章では在満日本人の表現者たちが取り上げられる。ここでは「満洲」文学の点と線を文学運動と雑誌を軸として振り返るという方法がとられる。「北満型合作社」運動にかかわった『満洲評論』の橘樸《しらき》と、その影響下に佐藤大四郎、野川隆、塙英夫ら。大連在住の詩人たちとしては、詩誌『亜』同人の北川冬彦、安西冬衛、滝口武士、その影響下に稲葉亨二、島崎恭爾、城小碓、土龍之介、高橋順四郎、落合郁郎、坂井艶司ら。散文では大連の『作文』派と新京（長春）の『満洲浪曼』派を対比しつつその消長が詳述される。

　著者の評価しようとする「満洲」を生きた表現者には、大別して二つの行路があった。物心ついたころから「満洲」で育ち、その環境と政治性を所与のものとして受け入れざるを得なかった若い世代の表現者たちがその一つの軸である。大連の詩人坂井艶司や『作文』派の秋原勝二がそれにあたる。故国の記憶をほとんど持たず、異郷としての「満洲」の大地に新しい希望を託そうとする姿に共感を寄せる。著者自身の戦中の生活感情がそこに重ね合わされているのだ。

　『作文』派では他に高木恭三、日向伸夫ら、生活者の目線から「満人」との関わりを描こうとした表現者が扱われる。著者は彼らの作品に一定の評価を与えながらも、やがて内地へ帰還し、内地の文壇にもすり寄ろうとする身振りに対しては厳しい。芥川賞候補となった日向の「第八号転轍機」（一九三八）も「「五族協和」を幻想させるスケープゴート」として受け入れられたにすぎないとしている。『満洲浪曼』派では北村謙次郎、木崎龍、長谷川濬ら同人よりも、牛島春子、長谷川四郎、今村栄治ら寄稿者の作を評価するが、それもやがて「芸文指導要綱」に縛られる編集方針からどの程度距離を置けたかによっている。

著者の評価するいま一つの生き方は、内地での左翼体験を原点として持ち、転向を経て「満洲」の民衆と向き合うことでぎりぎりの抵抗線を築こうとした人々だった。他方、当然ながら、心ならずの転向から心からの転向へと変節をとげた人物に対しては厳しい目を向ける。思想犯として獄中死に近い最期をとげた佐藤大四郎や野川隆が前者であり、国策に協力する満洲文芸家協会の委員長山田清三郎が後者の代表である。

V章では白系ロシア人作家バイコフと朝鮮族の日本語作家今村栄治が「流氓の文学者」として扱われる。大東亜文学者会議で「満洲」代表として来日しながら、相対的に自由であり得た亡命者バイコフと、韓国併合後親日派として創氏改名し母語も捨てた作家今村栄治（張喚基）を共に扱うことにどのような戦略があったのだろう。著者は秋原勝二の言う「祖国喪失」という観点で今村を論じる。「満洲国」の理念に新たな拠り所を求めようとする若い世代への共感がそこにあった。「満洲国」の崩壊と共にその夢は潰え去り、今村の場合、解放後中国での行方すら知れない。バイコフもまたソ連の侵入を避けてオーストラリアに亡命することとなることを考えれば、やはり「祖国喪失」者としてつながってくる。

「五族協和」の理念をまともに信じようとした今村栄治のように、母語を捨てて日本語での表現を選んだ作家に対するまなざしは、若い世代の悲劇性をそこに重ねつつ、「満洲」の幻像へと殉ずる姿勢への評価もそこには看取できる。「奸漢」としての彼らへの同情と共感は、国策協力へと邁進した内地人作家へ向ける厳しい評価とは、自ずから別のものである。しかし、著者の視点を以上のように整理してみるとき、「満洲」の幻像を結果として支えた幾多の作家たちを戦争協力者として断ずるだけでは済まないこととなって行くだろう。

そこには被害者／加害者という構図や戦争責任という要素が大きく関わってくる。だがその問題を掘り下げるために、ポストコロニアル批評の方法論を振りかざすことは著者に求めるべきではないだろう。あくまで市井の読者として、同時代の感覚を掘り起こしながら、一作ごと丁寧に読みこんでゆく姿勢が著者の持ち味であり、そのような地道な資料探索と読み込みの結果が本書であるのだから。時に関連書からの「孫引き」を辞さず、資料名のみ明らかなものについて「著者未見」と明記することも忘れない姿勢は、素人としての謙虚さであると同時に矜持でもあり、木を見て森を見ない研究者的観点への皮肉ともなっているだろう。

著者は今村栄治の「同行者」（『満洲行政』、一九三八年六月）を高く評価している。

「外地」の日本人の同行者として「支那人」の服装に身を包む主人公。それに対して「不逞鮮人」を怖れるあまり、朝鮮服を身に着ける日本人。「満洲」における錯綜したアイデンティティを示すような道具立てだ。果たして長衫《チャンシャン》に身を包んだ賊が二人を襲う。「不逞鮮人」と密通した主人公の裏切りだと日本人は誤解し彼に銃を突きつける。どうしようもない民族間の壁を思い知らされた主人公は、銃を奪い取り「不逞鮮人」とも「匪賊」とも正体不明の男たちに銃を向ける。

今村栄治が「日朝民族のはざまに打ちこんだ一本の楔」と著者は評している。果たしてその楔は何を引き裂いたのだったろう。もともと越えられない壁のようなものを「満洲」の日本人たちは纏っていたのだとしたら、幻想を引き裂く楔は表現者自身を傷つけずにいなかったろう。それにもかかわらず、同行者としての竹内正一の回想手記「哈爾賓・新京——引揚者の手記」の中で、「満洲」からの引き上げを前にした竹内に対して、こう語ったとされている。

「内海さん、僕たちもいつか内地へ帰りますよ」（『作文』第六七集、一九六七年七月）

果たして今村はどこへ帰り着いたのだろうか。そして彼の打った楔は今どこに突き刺さっているのだろうか。著者が「はしがきで」溜息のようにもらした一言が気にかかる。「それにしても、「満洲文学」とはいったい何だったのだろうか。」本書を読み終えた後、再びこの問の前に、わたしたちも立たなければならない。

（二〇一一年二月、三交社、三二〇〇円＋税）

◎書評

『ロシア文学翻訳者列伝』（蓜島亘著）

悪麗之介

「文学史を読みかえる」とはどういう意味だろうか、ということを再考するにふさわしい本が刊行された。

たとえば、「文学史を読みかえる」研究会というとき、わたしは、ここで用いられている「文学史を読みかえる」ということばの意味を、これまで時系列で表わされてきた「文学的」な事象をただ並べたり並べ替えたり、あるいは「正しい文学史《カノン》」に対して「もうひとつ《オルタナティヴ》の文学史」を描くことでその正当性を問う、というような意味ではなく、「文学史」として集積され総体化された歴史を、微分するようにして批判的にある、ということだと理解してきた。よくわからない言い方だが、つまり「文学」の「歴史」が問題なのではなくて、既成の（もしくは官製の）「歴史」に介入してゆこうとする一種のイデオロギー闘争だ、と思っているのだ。

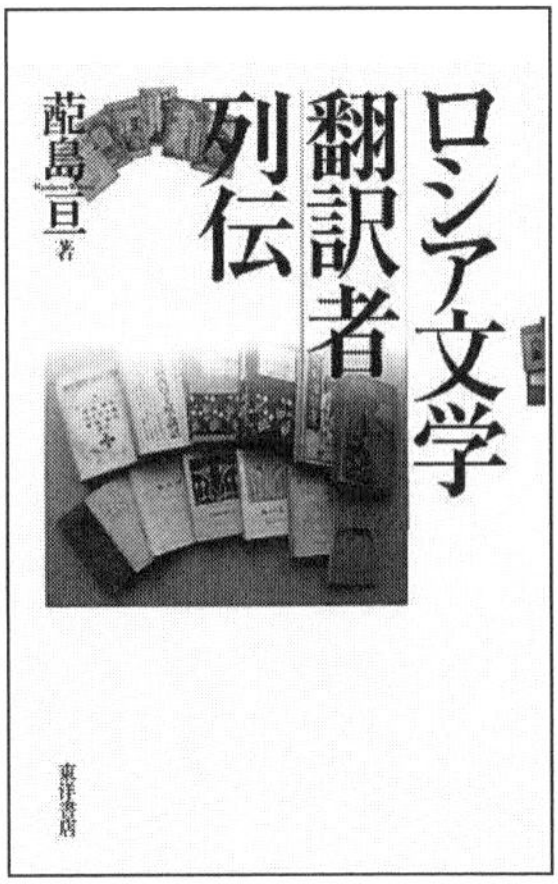

そこへ今回、突然に届けられた蓜島亘の『ロシア文学翻訳者列伝』は、そういったあいまいな考えを漾漾と乗り越えて、読みかえようにもその歴史すらなかった「文学史」を、おそらく独力で構築してしまった、類例のない一冊だ。言い換えれば、文学史をつくってしまったのである。

本書のコンセプトをひとことでいうと、日本におけるロシア文学受容史、である。従来しばしば描かれて来たような「日本文学史」でもなければ、「ロシア文学史」でもない。近代日本の読者は、北方の驚異にして隣国であるロシアの文学をどのようにして翻訳し、読んで来たか、が語られている。だから、「ロシア文学翻訳者列伝」というタイトルは、ややそぐわない。というのも、二葉亭四迷や昇曙夢、中村白葉、米川正夫といったオールド・ロシア文学愛読者にも懐かしい訳者名をずらずらと列挙し、解説を加えて甘んじる、というような事典的な叙述ではなく、「ロシア文学翻訳史（明治編）」とでもいうにふさわしい内容と質を備えているからだ。

　扱っている時代は、江戸時代の人びとがロシアを視野に捉えはじめた十八世紀初頭から、一九一七年のロシア十月革命前夜までである。いまだ日本がロシアについて、「文学」との関連で思いをいたすことなどありえなかった時代の日露交渉史から説き起こされてはいるのだが、ひとまず「ロシア文学」なるものと日本との関係が、実質的には「明治」という時代の開始とともに始まるとすると、本書で語られている両者の関係は、わずか半世紀、たった五十年にすぎない。しかしその五十年の日本のロシア文学受容とは、なんと劇的なのだろうか――と、本書を読み進めながら、嘆息せずにはいられなかった。帝政時代の虚無党を描いた実録ものにはじまり、ドストエフスキイ、トルストイ、トゥルゲーネフが陸続と日本語になり、それらをむさぼるように読んだ二葉亭四迷、内田魯庵、島崎藤村、馬場孤蝶、やや時代を経て、のちに直木三十五として作品以上に名を残すことになる植村宗一にいたる若い読者の羨望と昂奮を、共有したくなってしまうのだ。

　それ自体がオリジナルな本書の画期的な点はいくつもあるのだろうが、それをすべて指摘して是非を論じることは、いまのわたしのスペックでは不可能である。ひとまず自分の関心にそくして、二点だけを指摘するにとどめたい。

　まずひとつには、ロシア文学を論じるうえで、日本‐ロシアという枠のなかに自足していない点だ。近代ロシアを語るうえで看過できないフランスやドイツとの関係にまで領野を開いて、日本とロシアの関係を述べているのである。たとえば、江戸時代末期の日本人が、どのように千島や樺太を視野に収めるようになったかを追いかけながら、蔀島は『マノン・レスコー』（一七三一）で知られるフランスの作家、アヴェ・プレヴォーが編纂した『世界旅行紀集成』六十八巻（一七四六‐八〇、パリ）に言及して、つぎのように述べている。


　原書のフランス語の刊行とほぼ同時期にオランダの出版社、ピートル・デ・ホントがフランス語・蘭語版『世界旅行紀集成』二十一巻（ハーグ、一七四七‐八〇）を刊行している。この『旅行紀集成』は当時、『ゼオガラヒ』や『コーランテントルコ』と並ぶ重要書であった。〔……〕高橋景保『北夷考証』や馬場貞由『東北韃靼諸国図誌野作《エゾ》雑記訳説』等の著訳書ではアベ・プレヴォーではなく、出版社のピートル・デル・ホントが編者として紹介されているが、これはハーグ版の表題に出版社名のみしか記載されていなかったことが理由とみられる。

と、同書のフランス語版、オランダ語版、

さらにいえば日本の江戸版をまで参照項とする。

フランス語版とオランダ語版の刊行年を示す（　）でくくった部分には、蓜島による註番号が付され、後註にそれぞれ欧文の書誌が示されているのだが、そんな一節からも、蓜島の関心が、ロシア文学を語るために、意識的に、広く行き届いた視点を獲得しようとしていることがわかるだろう。ロシア文学の日本への受容を、けっしてロシア→日本への単線で語るのではなく、複層的に叙述することによって、同時代文学の空間的、世界史的な広がりをもっているのである。これは、従来「比較文学」とよばれてきた領域の狭隘さからも脱しているのではないだろうか。

右に引用したような、ビブリオマニアを悦ばせるトリヴィアルな叙述によって埋め尽くされている、というのも魅力のひとつなのだが、この本のさらにユニークな点は、日本におけるロシア文学受容の最大の特徴である「重訳」の問題にまで斬り込んでいるところだ。とりわけ、従来のロシア文学をめぐる研究ではおざなりにされてきた感のある「重訳されたロシア文学」に、大きな価値を認めている点だろう。

習得するにはハードルが高いせいか、日本の近代化過程の英語偏重のせいか、「明治」期に日本で刊行されたロシア文学の大半は、英語からの重訳だった。前述した内田魯庵や馬場孤蝶、あるいは森田草平、宇野浩二、細田民樹といった作家やエッセイストが、ドストエフスキイやトルストイの翻訳者となることができたのは、すべて英語版を定本として用いてきたからである。しかし、時代を経るにつれて、昇曙夢や米川正夫をはじめとするロシア語に堪能な翻訳者が登場し、現在の東京外国語大学や早稲田大学を濫觴として露文科が設置されるなど、原書からの翻訳が一般にも浸透して学的整備がすすむようになると、ロシア文学研究者やロシア語のプロパーからは、こうした一連の重訳は骨董的価値以外には顧みられなくなる。

日本におけるロシア文学は、本書で描かれるこの時期以降、重訳による一般化と、リテラシーの獲得形成による専門化がほぼ同時に進行しながら、現在まで多くの読者を獲得し続けていくわけだが、それゆえ、昇曙夢が内田魯庵や馬場孤蝶による重訳された作品を批判して論争になったように、原文からの直訳のプライオリティが圧倒的に高い。いま現在、ロシア文学を重訳で刊行したら、少なからぬ失笑を誘うだろう。本書の著者は、そこを突くのである。内田魯庵訳のトルストイ『復活』の誤訳や誤謬とおもわれる部分を、昇曙夢が逐一論《あげつら》っている箇所を引用しながら、かえって昇のほうに誤謬があることを指摘して、蓜島はこう続ける。

〔魯庵訳『復活』の〕第一編第二十三回にラブレーの物語が引用されているが、魯庵はラブレーの名を英訳「Rabelais」に引かれて「ラベレー」と記しており、曙夢も「ラベレー」となっており、「十六世紀のフランスの有名な風刺作家」と註している。ロシア語〔引用者註：Рабле〕からの翻訳と考えると、ラベレーとはどうしても訳し難く、ラブレーもしくはラブレとするのが穏当である。〔……〕魯庵訳をあれほど批難していた事実を忘れてしまったと見える。

この前後の箇所では、内田魯庵訳と昇曙夢訳の二冊を対照させながら、お互いの訳稿を相互に検証して、昇訳の不備をあきらかにしている。そして、むしろ直訳を謳った昇曙夢訳の『復活』が、英語からの重訳である魯庵訳を下敷きにした部分さえ少なくないことを証すのである。「馬場孤蝶らの世代によって各言語の翻訳を参照して紹介されたロシア文学の移入と、ロシア語が読解できる強みに頼り、既存の翻訳や下訳者という学生を用いて為される仕事に立脚して大量生産された翻訳とを同日に語ることはできない」。

わたし個人としては、この時期の昇曙夢の先駆的かつ多岐にわたる訳業が、たとえ代訳者や英語版からの引き写しを多く含んでいたとしても、かれが着目し、日本に紹介した作品群はけっして過小評価されてはならないと思っているのだが、それでも、こうして蓜島が諸書の現物にあたりながら、丹念に、地道に、そして具体的に検証してゆくのを読むとき、これまで日本で刊行されてきた翻訳ロシア文学に対して、まだまだ再検証の必要があることを知らされるし、そのとき、まさに自分のなかの「文学史」が読みかえられているのだ、という思いを禁じ得ないのである。

とはいえ、こうした蓜島の微に入り細を穿つ叙述を楽しみながらも、たとえば「日野商店の代表日野九郎衛門は明治三十年、日本有数の薬業の地、大阪道修町で同業者二十一名と大阪製薬株式会社（現日本住友製薬株式会社）の創立役員として筆頭に名を連ねている」というような記述を目にして、はたしてこの日野日野九郎衛門氏が製薬会社の「創立役員として筆頭に名を連ね」たというエピソードは、いったどこから引用されているのだろうか、との疑問を抱いてしまうような部分も散見される。単純な記載漏れか、あるいはすべてに註を付けるとあまりに煩瑣になる、という配慮も働いたのかもしれないが、具体的な傍証となる資料が暗示されているだけに、できるだけ完璧を期してもよかったのではないか——というのは、著者が蓜島亘でなければ、高望みだったろう。

また、せっかくの人名索引も、フル

ネームだったり姓のみだったりして、統一に欠ける。そういった本書の担当編集者が注意を促してもよかった部分は、瑕瑾といってもいいのかもしれないが、本書の充実度を高めるうえでは、やや残念だった。

しかし、その人名索引や一九六〇年代にまで到達している浩瀚な年表もふくめて、四六判一八行四五字詰で三六八ページを数える本書の価値は、まったく不動である。翻訳文化史、出版文化史のスタンダードワークとして、今後も読み継がれてゆくことだろう。

そしてなにより、本書が誌面からこぼれ落ちんばかりのおびただしい情報量にあふれていながら、なおまだ一九一七年以前である。ということは、本書で言及されている作品の原書が刊行されたのは、一九一〇年代初頭までである。銀の時代やアヴァンギャルド、そして「革命文学」が本格的に輸入されることになるその後史は、いったいどのように描かれるのだろうか？　続編が刊行されるまで、たとえこののち十余年がかかったとしても、その時間を楽しみにしていたい。

（二〇一二年三月、東洋書店、四六〇〇円＋税）

読みかえ日誌

関東研究会編（谷口基）

2011年

2月12日（日）アカデミー茗台
報告：梁禮先《ヤンイエソン》さん
「『文藝戦線』と朝鮮」

「朝鮮が日本の植民地とされたのち、もっとも意識的に朝鮮を描いた日本文学はプロレタリア文学ではなかっただろうか」という仮説に基づき、『文藝戦線』掲載の作品から具体例を紹介。佐野袈裟美、武藤直治、黒島伝治、中西伊之介、赤木麟、前田河廣一郎らの小説、ルポ、詩が紹介された。日本国内の朝鮮人差別のみならず、同時代の朝鮮半島における貧困と階級差にも言及された得難い報告であった。

5月15日（日）アカデミー茗台
報告：山中千春さん
「大逆事件以後の佐藤春夫——南北朝正閏論争から乃木希典殉死まで」

「3・11」以後最初の研究会では、その圧倒的な存在感によって、入会当初より一目置かれていた新世代会員・山中氏が登場。「愚者の死」から「同時代私議」に至る一連の詩作を通じて佐藤春夫の大逆事件観を批判的に論じるパワフルな報告に出席者一同酔いしれた。

7月30日（土）文京区民センター
報告：谷口基
「大江裁判とノンフィクション」

沖縄・慶良間諸島における「集団自決」の〈テクストをめぐる闘争〉について報告。内容的には新鮮味のないものであったが、その不用意な大江健三郎擁護説が天野恵一氏をして勃然と立たしめ、後述の名報告を実現せしめた件について功績あり。

10月9日（日）文京シビックセンター
報告：悪麗之介さん
「地震・原発・火事・津波」

悪麗之介氏の新編著『天変動く』（インパクト出版会）を読むための補論ともいうべき報告。東日本大震災を論ずるにあたり、「文学の想定外」を顧みつつ「権力犯罪」を摘発し、「甚大な自然災害ののちに文学を読みかえる必然性」について、編著に収録しきれなかった思いを熱く語った。

2012年

1月28日（日）アカデミー茗台
報告：天野恵一さん
「被バク大国ニッポンの閉鎖的想像力——大江健三郎と原爆・原発」

事前に十冊を越える参考資料が提示されたにもかかわらず、研究会当日は異例の満席状態。さらに会場で天野氏から配付された資料は数十種におよび、「これを貰っただけでも来た甲斐があった」と感動する出席者も。報告は大江健三郎の知られざる原発開発協力への批判にとどまらず、戦後直後から今日まで潜行してきた日本国家といわゆる「識者」と「核」との不気味な馴れ合い関係を衝き、その後の討論を燃え立たせた。

3月31日（土）文京区民センター
報告：野崎六助さん
「梅崎春生『日の果て』とコンラッド『闇の奥』について」

一人の男を処刑する命令を受け、戦場を横断する兵士の物語——相似したプロットを持つふたつの文学作品を、野崎氏一流のアクロバティックなテクスト分析が裁く異色の報告。F・F・コッポラの『地獄の黙示録・完全版』からの驚嘆すべき引用もあいまって、知的興奮を味わいつくした二時間であった。

6月2日（土）文京区民センター
報告：藤原辰史さん
「帝国日本農学から多国籍バイオ産業へ――夢野久作の息子の足跡をてがかりに」

　戦前の帝国日本から戦後アメリカの緑の革命まで、二十世紀の世界農業史を体現した農業技術者、磯永吉。そして彼と親しく、戦後に「蓬莱米をインドへ」という運動を実践した杉山龍丸（杉山直樹＝夢野久作の長男）の軌跡を辿りつつ、台湾－朝鮮半島――日本を中心に、稲作がいかにグローバルに進出し、世界を支配してゆくのか、そのイデオロギーを実証的に論じて、あとの議論も非常に充実した三時間となった。出席できなかった会員諸氏は、のちのち後悔することになるであろう。

（この項のみ悪麗之介・記）

関西研究会編（黒田大河）

　第一期研究会の論集最終巻『〈いま〉を読みかえる――「この時代」の終わり』（文学史を読みかえる8、インパクト出版会）が刊行されたのが二〇〇七年一月三十一日のこと、阪神淡路大震災とオウムサリン事件とに揺れた一九九五年から始まった本会の活動に句点が打たれた。その後、第二期研究会発足記念シンポジウム「いまなぜ、あらためて〈文学〉なのか?」（講演：新城郁夫、パネラー：黒田大河、中西昭雄、羽矢みずき、司会：谷口基）が同年八月四日に開催され、事務局の移転を経て二〇〇八年度より本格的に始動したのが第二期「文学史を読みかえる研究会」である。

　二〇〇八年九月に湯河原で行われた合宿で、当面の目標として「読みかえ」アンソロジーの編纂が合意され、以降の活動はその準備のための討論の場となった。「怪奇と幻想」「貧困と底辺」「若ものたち」「海外進出」「天皇制」「翻訳文学」などのテーマで担当者が作品リストを提示、「読みかえ」の前提として、対象となるテクストの再検討から始めようという姿勢は第二期研究会での討論を深めた。成果は近くかたちとなり、順次刊行の予定である。

　この『文学史を読みかえる・論集』には参加者が多面的に取り組んだ「読みかえ」の実践が論文として収められている。第一期論集では各巻のコンセプトを責任編集者が提示したが、参加者の発表から生まれた異なった切り口が積み重ねられればと願う。

　関西での研究会もほぼ二か月に一回のペースで京都精華大学にて行われた。二〇一一年度には岩本真一氏の保田與重郎論の他に、田村都氏の谷川雁論、新井晶子氏による大東亜戦争下のユダヤ問題論など活字化が待たれる発表もある。またアカデミズムに捉われない参加者の取り組みは、これまでに大原富枝論、大塚英志論、安部公房論、フィッツジェラルド論、室生犀星の「満洲」行について、花田清輝論、『鞍馬天狗』論、『灼眼のシャナ』論、記録映画論など様々に討論されてきた。相川美恵子氏『鞍馬天狗のゆくえ』（未知谷、二〇〇八）

や葉山英之氏『「満洲文学論」断章』（三交社、二〇一一）など単行本としてまとめられた仕事もある。第一期から続く「読みかえ月報」（現在休刊）からはその討議の一部が伺える。今後も重ねられた討論から新たな提言が生まれるだろう。「この時代」の終わりから、〈文学〉の眼を通して、東北関東大震災以後の時代を見据えていきたい。

執筆者プロフィル（掲載順）

岩本真一（いわもと しんいち）
京都精華大学人文学部、近代日本思想史専攻。
著書に『超克の思想』（水声社、二〇〇八年）、『鳴尾村誌 1889-1951』（共著、二〇〇五年）、論文に「『コギト』創刊前後の保田與重郎――個人抹殺への危機感」（『京都精華大学紀要』第三十七号、二〇一〇年）、「一九三四年の保田與重郎――『日本浪曼派』前夜の思想」（同誌第三十九号、二〇一一年）など。

梁禮先（ヤン イェソン）
現在、法政大学・明治大学兼任講師
湯浅克衛研究、プロレタリア文学研究
『韓国と日本の交流の記憶』共著（白帝社、二〇〇六年）など。

新井晶子（あらい あきこ）
研究テーマ：思想史
「日本における「ユダヤ人」認識とシオニズム観――一九一〇年代から「大東亜戦争」期にかけての「ユダヤ人」への感心の高まりについて」（修士論文）

池田浩士（いけだ ひろし）
研究テーマ：ファシズム文化研究
著書に『［海外進出文学］論・序説』（インパクト出版会、一九九七年）、『火野葦平論――［海外進出文学］論・第一部』（同前、二〇〇〇年）、『石炭の文学史――［海外進出文学］論・第二部』（同前、二〇一二年）、『虚構のナチズム――「第三帝国」と表現文化』（人文書院、二〇〇四年）、『子どもたちと話す　天皇ってなに?』（現代企画室、二〇一〇年）、『池田浩士コレクション』全一〇巻、刊行中（既刊五冊、インパクト出版会）

野崎六助（のざき ろくすけ）
作家、評論家。
著書に『山田風太郎・降臨――忍法帖と明治伝奇小説以前』（青弓社、二〇一二年）、『ミステリで読む現代日本』（青弓社、二〇一一年）、『日本探偵小説論』（水声社、二〇一〇年）、『魂と罪責――ひとつの在日朝鮮人文学論』（インパクト出版会、二〇〇八年）など多数。

悪麗之介（あく れいのすけ）
編集者。
編著書に『俗臭――織田作之助［初出］作品集』、『天変動く――大震災と作家たち』（いずれも二〇一一年）のほか、武田麟太郎のアンソロジー『一九三〇年代〈非常時〉東京案内』（以上、インパクト出版会）を準備中。

黒田大河（くろだ たいが）
近畿大学非常勤講師。日本近代文学研究、モダニズム文化研究。
共著に『横光利一の文学世界』（翰林書房、二〇〇六年）、『横光利一と関西文化圏』（松籟社、二〇〇八年）、『村上春樹と小説の現在』（和泉書院、二〇一一年）など。

谷口基（たにぐち もとい）
茨城大学人文学部教員、日本近現代文学専攻。
著書に『戦前戦後異端文学論』（新典社、二〇〇九年）、『怪談異譚』（水声社、二〇〇九年）、論文に「西尾正と鎌倉――「ドッペルゲエンゲル」のいる海辺」（『昭和文学研究』第六十四集、二〇一二年一月）、「「風太郎忍法帖」という歴史」（『日本近代文学』第八十六集、二〇一二年五月）など。

【編集後記】

『文学史を読みかえる・論集』第一集をお届けする。こうしたかたちで月々の研究会報告を発信することは、以前から特に若い世代を中心とした会員の切望するところであったが、そのわりに原稿の本数が淋しかったことは残念でならない。次集には質量とも本集を上回る寄稿があることを願ってやまない。

この集におさめられた諸論考は、主として二〇一一年から二〇一二年におよぶ研究会の席上にて発表された報告を基にしている。その間、東日本大震災という未曾有の災害をわれわれは経験した。この事実はのちのために特に記しておく必要があるだろう。

東日本大震災のもたらした被害の多くが人災であったことは、一年余を経てますます明白なものとなりつつあるが、しかしこれについて「時候の挨拶」のごとく、ここで「義憤」を喋々することは避けたい。われわれのなかにある怒りは、この集におさめられた諸論考をお読み戴ければおのずとあきらかになる。「復興とは忘れ去る事なり」という国家の思惑から、われわれはしぶとく身をかわし続けていくのだ。書くことを通じて。

最後に、この物情騒然たる時期にあって、すぐれた論考を寄せて下さった会員諸氏に心より御礼申し上げる。

（谷口基）

文学史を読みかえる・論集　第1号　定価１５００円＋税

2012年8月25日発行

編集　「文学史を読みかえる」研究会
連絡先　〒189-0001　東村山市秋津町3-26-55　谷口基方
郵便振替　00150-4-502739「文学史を読みかえる」研究会
装幀　悪麗之介

発行　㈱インパクト出版会
〒113-0033　東京都文京区本郷2-5-11　服部ビル2階
電話03-3818-7576　FAX03-3818-8676
Eメール impact@jca.apc.org
http://www.jca.apc.org/~impact/
ISBN978-4-7554-8012-6 C1095
印刷　モリモト印刷